# CHEVAUX EXTRAORDINAIRES

Astolfo Cagnacci

# CHEVAUX EXTRAORDINAIRES

Mieux que des champions,
ce sont de véritables héros

ÉDITIONS DU
ROCHER

ISBN 2 268 05506 X

CHEVAL
CHEVAUX

*collection dirigée par*
*Jean-Louis Gouraud*

Dans la même collection

# AVANT-PROPOS

Rien ne me prédisposait à m'intéresser aux pur-sang, n'étant ni fils de palefrenier ni de propriétaire, les deux bornes de la hiérarchie sociale dans une écurie. Cela étant, j'ai voulu retracer avec un soin méticuleux les chemins empruntés pour approcher un monde si éloigné de mes origines.

Les chevaux laboureurs et débardeurs de l'Argonne, région où mon père, émigré italien, abattait les arbres à la hache, ont peuplé les scènes de mon enfance. Ils étaient là tels des géants plantés au milieu des champs, cachés au fond des bois, et je les observais à distance respectable, impressionné par des histoires de valets qu'un coup de dent avait défigurés. Ces Ardennais (en d'autres lieux, ils eussent été bretons ou boulonnais) cheminaient d'un pas lent et lourd. Dans mon idéal, la crainte laissait place à la compassion éprouvée spontanément pour les hommes de peine dont les chevaux partageaient l'allure et l'histoire.

Les équidés que je rencontrai, dans mon adolescence, au pied des barres HLM, appartenaient à des cirques itinérants. Le poil ras et sale, ils m'apparaissaient aussi dépaysés que les habitants des lieux. Je priais pour qu'ils pussent s'échapper, au moins en rêve, vers les steppes asiatiques.

Mais c'est moi qui m'évadais le plus lorsque, dans les livres, je retrouvais mes nouveaux amis. Un des premiers chapitres de *Kaputt*, de l'écrivain italien Curzio Malaparte, narre la mort d'un millier de chevaux de l'artillerie soviétique lors de la guerre oubliée entre l'immense URSS et la petite Finlande, durant l'hiver 1942. Affolés par un feu de forêt provoqué par des bombardements aériens, les équipages avaient rompu leurs rangs et s'étaient jetés dans les eaux froides du lac Ladoga. Mais le vent, qui descend parfois de la mer de Mourmansk, s'était levé. « Le froid devint terrible. Tout à coup, avec un son vibrant du verre qu'on frappe, l'eau gela [...] Le jour suivant, quand les premières patrouilles de sissit (éclaireurs finnois), aux cheveux roussis, au visage noir de fumée, s'avançant précautionneusement sur la cendre encore chaude à travers le bois carbonisé, arrivèrent au bord du lac, un effroyable et merveilleux spectacle s'offrit à leurs yeux. Le lac était comme une immense plaque de marbre blanc sur laquelle étaient posées des centaines et des centaines de têtes de chevaux. Les têtes semblaient coupées net au couperet. Seules elles émergeaient de la croûte de glace. Toutes les têtes étaient tournées vers le rivage. Dans les yeux dilatés, on voyait encore briller la terreur comme une flamme blanche. » J'avais découvert le monument, fantastique et baroque, à la mémoire de l'équidé inconnu.

Ces chevaux-martyrs me confortèrent dans une attitude qu'on pourrait juger étrange. N'étant pas cavalier, je pris le parti de me glisser dans la peau de l'équidé, invitant mes camarades à grimper sur mes frêles épaules lors de courses que j'organisais dans la cour de récréation. La première étape de la transformation n'avait posé aucun problème puisque j'appréciais pommes, carottes, flocons d'avoine et morceaux de sucre. Une nervosité à fleur de peau et une fragilité digestive complétaient le tableau clinique. J'imitais aussi, à l'abri des regards, les hennissements qui résonnent de tonalités différentes selon les sentiments exprimés. – Les moins charitables d'entre les hommes peuvent bien sourire. Ceux-là n'ont pas voyagé, sous la plume de l'écrivain irlandais Jonathan Swift, dans le fabuleux pays au nom imprononçable parce que imaginaire des Houyhnhnms, où vivent de vertueux chevaux. – J'aimais courir, tantôt bipède, tantôt cheval, parfois centaure, dans le sillage de mes idoles Emil Zatopek et Vladimir Kuts, ces champions olympiques qui avaient fait reculer les limites de la résistance humaine. La ressemblance entre la course à pied et la galopade, la passion pour le sport et la quête œcuménique du champion me conduisirent, en un joyeux amalgame, sur un champ de courses. C'était le dimanche 4 octobre 1970, à Longchamp. Le nom d'un poulain bai resplendissait parmi les partants du Prix de l'Arc de Triomphe : *Nijinsky*, en hommage à l'illustre danseur russe. Invaincu en onze courses, ce danseur atypique était une star internationale. Né au Canada, il résidait en Irlande et se couvrait de gloire en Angleterre.

Les fées s'étaient penchées sur sa litière. Rodin semblait avoir sculpté son corps et Fra Angelico dessiné sa tête délicate. Il était si bien né, par le grand étalon *Northern Dancer*, que Charles Engelhard, roi du platine, l'avait acheté à prix d'or à l'âge d'un an. Le milliardaire l'avait inscrit à la meilleure école de compétition, celle du maître-entraîneur irlandais Vincent O'Brien. Lester Piggott, le prince des jockeys, l'accompagnait dans ses courses légères plus qu'il ne le montait.

Pour l'événement parisien, les organisateurs avaient invité Romola, la veuve du danseur. Cette délicate attention ne porta pas chance à son homonyme équin, battu d'une tête par le coriace *Sassafras* qui ne possédait pourtant ni sa classe ni son aura.

Trente-quatre ans après, la voix syncopée du speaker me revient en mémoire : le phrasé s'accélère à mesure qu'approche le moment fatidique. Les secondes semblent suspendues. La stupeur des supporters britanniques recouvre d'un voile noir le bois de Boulogne.

La critique, prompte à trouver le coupable, éreinta Piggott. Elle reprocha au crack-jockey d'avoir surestimé les capacités de sa monture qu'il avait tenue trop loin de la tête durant la course. Au rond de présentation, où les pur-sang dévoilent parfois leur état d'âme, *Nijinsky*, irrité par la cohue des photographes et la foule des admirateurs, n'était déjà plus que l'ombre de l'invincible coursier qui avait survolé les pelotons au printemps.

Il avait souffert de la gale après son succès, en juillet, dans les King George VI and Queen Elizabeth Stakes à Ascot. O'Brien souhaitait le ménager en prévision de l'Arc. Engelhard, lui, voulait la Triple Couronne, qui récompense le poulain capable de remporter les trois épreuves majeures réservées, en Angleterre, aux trois ans. *Bahram*, en 1935, avait été le dernier à réaliser l'exploit. Après ses succès faciles dans les Deux Mille Guinées (1 609 m) à Newmarket et le Derby (2 413 m) à Epsom, *Nijinsky* s'acquitta de sa tâche en gagnant le St Léger (2 917 m) à Doncaster. Ce fut une « victoire à la Pyrrhus ».

Deux semaines après le revers de Longchamp, le poulain canadien conclut sa carrière sur un nouvel échec : à Newmarket, il arriva de nouveau deuxième. Je fus triste pour ce superbe perdant qui avait inauguré ma galerie de champions du turf.

Quelques années après l'épisode *Nijinsky*, le titre d'un beau livre, *I grandi campioni del galoppo*, attira mon attention chez un bouquiniste à Florence. Tout à la hâte de découvrir les chevaux répertoriés – chacun occupait une double page avec une photo et un court texte –, j'avais négligé l'introduction.

L'auteur, Alfredo Ferruzza, y soulignait que ces cracks représentaient l'aboutissement « d'aventures économiques et scientifiques, d'intérêts sociologiques et culturels, d'inimitables aspirations humaines, spirituelles et nationales ». M. Ferruzza louait l'engagement admirable de ces « volontaires qui croient aux lois de la science, en l'occurrence de la génétique, tout en connaissant les aléas et le caractère imprévisible des résultats, et qui s'imaginent obéir à des lois économiques, mais se résignent toutefois à des comptes qu'ils n'équilibreront jamais ».

Et l'expert poursuivait, lyrique : « Quand les vedettes sont les chevaux, on doit toujours lier la raison à la fantaisie et l'intellect à l'imagination. L'élément chromatique même invite aux vagabondages les plus impensables : nous sommes dans un monde où la couleur dominante est le vert. Les verts pâturages où paissent les poulinières, les vertes étendues sur lesquelles s'ébrouent les poulains, ivres de vie, les vertes pistes d'entraînement et, enfin, le vert moelleux, élastique, fatal, des lignes d'arrivée. »

Dès lors, aspirant biographe, il me fallait une légitimité. Je l'ai trouvée avec la pouliche *Astolfina* (diminutif féminin de mon prénom !), lauréate en 1948 de quelques belles épreuves italiennes, parfois même devant les mâles.

Si mon panthéon est réservé aux seuls champions de plat, la raison en est impérieuse. Pour le cheval, le galop est l'allure la plus rapide, la plus belle ; la vitesse, plus de 70 km/h en pointe, sa raison de vivre, sa sauvegarde.

Dans cette perspective, l'hippodrome doit être considéré comme un champ d'expérimentation, et la course appréhendée comme l'épreuve de vérité, le critère suprême pour jauger le courage et les ressources psychologiques du galopeur.

Les pur-sang représentent un sommet de perfection athlétique, un prodige physiologique si on imagine la décharge que leurs tendons, d'une finesse extrême, absorbent à chaque impact avec le sol.

Chefs-d'œuvre de la nature, ils sont, d'après Peter A. Widener, héritier d'une grande famille de propriétaires américains, des tableaux sur le vif. « Aujourd'hui, je ne suis pas surpris que mon père eut deux intérêts aussi différents en apparence que l'art et les courses de chevaux. La nature exprime son art à travers la création d'un pur-sang. Le vol (le galop) d'une pouliche ou d'un poulain dans le paysage est un composé de tous les arts. Il y a un mouvement, une ligne et de la couleur », écrivait-il.

Parfois, ils sont même des icônes. Comme il arrive souvent pour les personnages hors norme, il n'est pas facile de dénouer le fil des faits avérés de l'écheveau de la légende. Surtout quand l'histoire, rencontre privilégiée entre une époque et un acteur, transforme le héros en mythe.

« *Phar Lap*, le cheval qui porte l'âme de la nation », « *Ribot*, un vent de grandeur qui nous aida à renaître de l'obscurité de la guerre », tels sont les mots choisis par des poètes et des historiens pour évoquer des chevaux. On imagine combien de bipèdes célèbres auraient aimé recevoir de telles marques d'admiration et d'affection. Mais le combat est inégal et, pour une fois, à l'avantage de l'animal.

En période de crise et de doutes, l'homme se tourne vers sa plus noble conquête pour méditer quelques leçons de vie. *Seabiscuit* suscita un formidable engouement aux États-Unis à la fin des années trente. Régulièrement battu au début de sa carrière, le petit bai connut, à l'âge de quatre et cinq ans, une série impressionnante de succès. Une métamorphose qu'expliquent le changement de propriétaire, d'entraîneur et de jockey, mais aussi une maturité tardive. Ses succès tinrent lieu d'apologue pour les millions de pauvres et de malheureux que la Grande Dépression avait laissés au bord de la route.

L'histoire de *Seabiscuit*, qui a fait récemment l'objet d'un livre et d'un film, est édifiante. Mais le culte a immanquablement magnifié et surévalué les mérites sportifs du champion de la Côte Pacifique. *Seabiscuit* ne figure dans aucun classement des meilleurs pur-sang américains du XXe siècle.

Dernièrement, le Japon a offert l'exemple extrême de la symbolique liée au cheval de course. *Glorieux Printemps*, jument pathétique qui n'a jamais remporté une course en plus de cent départs, est pourtant une vedette au pays du Soleil-Levant, où, notent les spécialistes, « on accorde plus d'importance à l'effort qu'au succès ». *Glorieux Printemps* incarnerait en ce sens la persévérance et « la noblesse de l'échec ».

Avec le recul, je peux dire que ma fascination pour les pur-sang tient sans doute aussi aux pulsions humaines les plus primitives, celles qui se rattachent au mythe de l'éternelle jeunesse. La vie publique d'un galopeur de plat est brève. À trois ans, les cracks en ont terminé avec leur carrière. Il leur reste parfois vingt-cinq ans à vivre, mais loin de l'excitation des courses et des foules. Au haras, commence le versant déclinant de leur existence, l'engendrement de la descendance. Pour paraphraser Ronsard, le vrai trésor du galopeur est la verte jeunesse. Le reste de ses ans ne sont que des hivers. Un jour, on nous annonce que le héros de nos vertes années s'en est allé. La vie est passée comme un cheval au galop.

# MAN O' WAR
(1917-1947)

# GOD BLESS AMERICA [1]

En portant un toast au XX$^{e}$ siècle naissant, le sénateur de l'Indiana Albert Beveridge avait annoncé : « Ce siècle sera américain. La pensée américaine le dominera. Le progrès américain lui donnera son orientation et lui imprimera sa marque. Nos entreprises le glorifieront. »

Les États-Unis avaient anticipé de deux ans leur entrée dans leur siècle d'apogée. En 1898, ils avaient chassé de Cuba les ruines de l'Empire espagnol, s'érigeant à leur tour en puissance impérialiste.

Et pourtant, jusqu'au 6 avril 1917, date de la déclaration de guerre contre l'Allemagne, l'Amérique n'avait cessé de professer la neutralité, selon la théorie élaborée quatre-vingts ans auparavant par James Monroe, cinquième président du pays. À l'époque, la nation était focalisée sur son développement interne. Woodrow Wilson, le vingt-huitième président de l'Union, avait été réélu en 1916 sur un programme prônant une politique attentiste dans le conflit qui ravageait l'Europe. Mais la position de Wilson évolua rapidement sous la pression

1. « Dieu bénisse l'Amérique ».

des milieux financiers et de la guerre sous-marine sans restriction que le Kaiser avait imposée.

C'est dans ce climat d'attente guerrière que, le 29 mars 1917, peu avant minuit, la poulinière *Mahubah* donna naissance à un petit, qu'on appelle dans le jargon hippique foal, du verbe anglais *to foal* (mettre bas). Il était de robe alezane et de sexe masculin. Un brouillard froid et humide, typique du début du printemps, enveloppait la Nursery Stud, propriété d'August Belmont II, située entre Georgetown et Lexington, dans l'État du Kentucky où l'herbe aux reflets bleus (*blue grass*) avait attiré les éleveurs de pur-sang comme un mirage. Retenu à New York par ses affaires, le propriétaire fut informé de cette naissance le lendemain.

En 1919, la prophétie du sénateur Beveridge s'était réalisée. Les États-Unis éclairaient le monde. Et, sur les hippodromes de New York, le fils de *Mahubah* avait l'étoffe d'un conquérant. Le jeune Abe Hewitt avait éprouvé l'émotion de sa vie le 13 septembre 1919, à l'occasion de la Futurity Stakes, l'épreuve majeure de plat pour les deux ans aux États-Unis.

Un demi-siècle plus tard, éleveur et conteur consacré de la gent hippique, Hewitt écrivit à propos de ce jour particulier : « Pour bien voir *Man o' War*, nous avions quitté les tribunes en avance. À cette époque, il y avait de grands arbres dans le paddock de Belmont Park, mais aussi des massifs de lauriers. Près d'un buisson, les branches de deux grands arbres se rejoignaient presque, composant un arc gothique. Sous cet arc, encadré d'ombres noires, se tenait un magnifique alezan aux reflets de cuivre, avec les oreilles dressées. Il irradiait une aura de majesté, d'énergie et de puissance. Un véritable Alexandre qui attendait de conquérir de nouveaux mondes. C'était il y a cinquante-cinq ans et je n'ai plus jamais assisté à un tel spectacle. »

De nos jours, les visiteurs du Kentucky Horse Park, qui s'étend au nord de Lexington, ne peuvent manquer, dès l'entrée, la statue en bronze du champion. Le sculpteur Herbert Haseltine a accentué la musculature de son modèle, exagérant cette puissance de l'Amérique qui donne des allures de Rambo à *Man o' War*. Le monument se dresse tel un phare. Les gens viennent en famille et la présence nombreuse des enfants garantit la transmission du souvenir de « *Big Red* » aux générations futures.

# THE GREAT [1]

Le nom de Belmont brillait au firmament. Financier et entrepreneur, August II avait été le maître d'œuvre du colossal chantier du métro de New York (Interborough Rapid Transit). Enhardi par cette réussite, il s'était lancé dans la construction du canal du Cap Cod, le rêve de plusieurs générations de colons. L'inauguration avait eu lieu le 29 juillet 1914, dix-sept jours avant l'ouverture du canal de Panamá. Mais l'ouvrage, long d'une dizaine de kilomètres, se révéla un échec commercial. Trop étroite (30 m) et pas assez profonde, la voie d'eau n'offrait pas un gabarit suffisant pour les gros navires. La plupart des capitaines, rebutés également par le prix excessif du péage, préféraient affronter les dangers de la navigation côtière entre Boston et New York.

L'homme d'affaires avait hérité en 1890, à la mort de son père, d'une confortable fortune. Fils d'un banquier juif allemand du nom de Schoenberg (belle montagne), August Ier avait débarqué à New York au moment où une banqueroute ruinait des dizaines d'établissements bancaires. Le jeune homme s'empressa de racheter ces

1. « Le magnifique ».

banques, qu'il acquit pour une bouchée de pain, et s'enrichit si rapidement qu'on le surnomma bientôt « le roi de la Cinquième Avenue ». Pour affirmer son intégration, il changea son patronyme en Belmont et épousa la ravissante Carole, fille de Commodore Matthew Calbraith Perry, héros de la guerre contre le Mexique et précurseur des échanges commerciaux avec le Japon de l'ère Meiji.

Membre influent du Parti démocrate, Belmont se révéla un personnage incontournable de la vie politique et économique américaine. Il finança un régiment de fédérés durant la guerre de Sécession et, grâce à ses relations dans la finance, plaida avec succès la cause des États du Nord auprès de la Grande-Bretagne et de la France.

Le chic pour les nouveaux riches de la Côte Est consistait à imiter leurs « cousins » aisés du Sussex ou du Devonshire. Carole mit au monde six enfants et son époux éleva des chevaux de course. Avant même de posséder des pur-sang, le parvenu avait parrainé une épreuve, les Belmont Stakes, dont l'édition inaugurale s'était déroulée le 19 juin 1867 sur l'hippodrome new-yorkais de Jerome Park, qu'il avait en partie financé. La même année, il acheta le champion *Glenelg* et installa son élevage à Long Island, avant de le transférer dans le centre du Kentucky, région réputée pour la qualité de ses sols limoneux. *Woodbine*, *Raceland* et *Potomac* illustrèrent la casaque écarlate et marron. En l'honneur de son père, August II fit ériger l'hippodrome de Belmont Park, à une trentaine de kilomètres de Manhattan.

La Grande Guerre, qui semblait éloignée des préoccupations du Nouveau Monde, bouleversa une vie réglée par les affaires, les réceptions mondaines et les vacances à Newport. Elle décida en particulier du destin de deux hommes et d'un cheval.

August Belmont II revêtit l'uniforme à soixante-quatre ans. Volontaire, il fut affecté, avec le titre de major, à la remonte, le service chargé de fournir chevaux et mulets à l'armée. Son engagement patriotique n'était pas dépourvu d'arrière-pensées. L'homme d'affaires espérait que le gouvernement, une fois la guerre terminée, rachèterait le canal du Cap Cod avec une coquette indemnisation à la clé. En attendant, pour pallier les pertes d'exploitation, Belmont décida de vendre les vingt et un foals nés en 1917, ainsi que la majorité des poulinières, gardant seulement cinq juments pour assurer la pérennité de son élevage. Les prémices de la guerre avaient ralenti l'activité dans toutes les écuries et les naissances de pur-sang atteignirent leur niveau le plus bas pour ce siècle en 1917 (1 680) et 1919 (1 665).

Entre ses différentes missions en Espagne, où était basé le service de la remonte de l'armée américaine, le major Belmont retournait régulièrement au Nursery Stud. Un yearling au port de tête altier et au regard provocateur l'avait séduit. Le poulain ne dérogeait pas à sa lignée paternelle, que l'éleveur chérissait et qui portait le sceau des trois F de feu, flamme et fierté, pour la couleur de la robe, alezan cuivré, l'ardeur et l'intempérance. Son chanfrein s'ornait d'une liste, cette bande de poils blancs qui distinguait la descendance de *West Australian*, premier cheval lauréat de la Triple Couronne anglaise. *Fair Play*, le père du yearling, avait prouvé ses qualités de compétiteur. Il avait seulement eu la malchance d'appartenir à une génération 1905 exceptionnelle, qui comptait *Colin*, l'invaincu, et *Celt*, les deux cracks du milliardaire James R. Keene.

Le cœur du major était en émoi : le jeune cheval lui rappelait sa seconde épouse, Eleanor Robson, de trente-deux ans sa cadette. L'ancienne actrice baptisait les foals qui égayaient les printemps de l'austère August, son « Augie ». L'idée pouvait naître d'une réminiscence de voyage, comme pour *Mahubah*, la mère de *Man o' War*, déformation d'une expression entendue en Tunisie, où les autochtones prenaient congé de leurs hôtes en répétant « *Marhaba* », « que le bonheur soit avec vous ».

Pour le fils de *Mahubah*, Mme Belmont avait subi la double influence d'un livre et du contexte historique. Dans un des précieux volumes reliés pleine fleur de sa bibliothèque, elle avait mis au jour l'existence de *Man o' War*, étalon irlandais qui devait sa gloire à son fils *Manifesto*, deux fois vainqueur du Grand National de Liverpool, la course de steeple-chase la plus éprouvante et célèbre au monde. Ce *Man o' War* (homme de guerre) retint l'attention de la découvreuse de prénoms. C'était évidemment un nom de circonstance pour honorer son époux parti à la guerre, même en seconde ligne. Mme Belmont ajouta une touche sentimentale avec le pronom personnel *My* (mon).

Le libellé du nom, transmis au bureau de l'état civil du Jockey Club de New York, était *My Man of War*. Littéralement, Mon homme de guerre. Pour une raison inconnue, mais on peut supposer que l'employé voulût l'abréger, le patronyme prit sa place sous sa forme contractée de *War* dans le stud-book, ce vaste livre des généalogies de pur-sang.

En gommant *my*, le préposé avait endossé le rôle du destin. Bien plus qu'un simple mot, il avait dissous un lien intime.

August II avait espéré soustraire son préféré à des enchères douloureuses, qui ressemblaient fort à l'enterrement d'une écurie cinquantenaire et d'un élevage qui avait fait naître cent vingt-neuf vainqueurs d'épreuves de sélection. Mais l'homme d'affaires avait fini par se ranger aux arguments de sa plus proche collaboratrice qui l'avait mis en garde : « La liste des yearlings est connue. Si vous en gardez un seul, les acheteurs vont s'interroger sur la qualité de tous les autres. »

La vente eut lieu le samedi 17 août 1918 à Saratoga Springs, station thermale en vogue, proche de la frontière canadienne. *Man o' War*, le dernier à être présenté, fut adjugé pour 5 000 dollars à Samuel D. Riddle. Cet industriel du textile avait suivi les conseils de son entraîneur Louis Feustel qui, pour avoir dirigé auparavant une partie de l'effectif Belmont, connaissait la valeur du lot proposé.

La veille de la vente, accompagné de l'entraîneur, Riddle avait rendu visite aux yearlings. Il avait été subjugué par le poulain au beau col de cygne qui occupait le dernier box. Ni la toilette négligée – peut-être l'ultime tentative pour inverser le cours des événements – ni la place du pur-sang au bout de l'allée n'avaient découragé l'acheteur.

Riddle avait confié à un ami, Ed Buhler, le soin d'enchérir à sa place. De tous les acquéreurs, Kathleen Jeffords, nièce de Samuel par alliance, semblait la plus heureuse. Avec son mari, elle avait conclu l'affaire la plus coûteuse de la journée, déboursant 15 600 dollars pour *Golden Broom*.

*Man o' War* prit la route du Maryland pour rejoindre l'établissement de son nouveau propriétaire. Des mois qui ont suivi, on sait uniquement que le poulain jeta à terre le premier cavalier, un ancien jockey, qui avait tenté de le monter. Mais cette marque de caractère n'avait pas inquiété son entourage, non plus que ses deux défaites face à *Golden Broom* lors de tests effectués sur des distances réduites, un usage entre propriétaires amis ou apparentés. Deux points rassuraient l'entraîneur et le propriétaire : *Man o' War* dévorait littéralement son avoine et se dépensait sans compter sur les pistes d'entraînement.

Pour ses débuts en compétition, le 6 juin 1919, sur la distance de 5 furlongs (1 006 m) à Belmont Park, le poulain précéda de six longueurs le plus proche de ses six adversaires. Le jockey John Loftus avait passé la ligne d'arrivée debout sur les étriers, se retournant pour juger l'écart. Après une deuxième victoire, le chroniqueur du *New York Times* n'avait plus de doute : *Man o' War* était bien le meilleur deux ans de l'année. Le titre de l'article empruntait un vocabulaire maritime : « *Man o' War* vogue vers un hiver douillet ».

Les courses successives, disputées à un rythme rapproché, confirmèrent une suprématie que le handicapeur tentait d'équilibrer en infligeant de sévères surcharges au phénomène. Le poulain se joua néanmoins des 130 livres dont il fut crédité dès sa quatrième sortie. C'était une parfaite machine de course. Prototype de la tactique privilégiée sur les tourniquets du Nouveau Monde, il s'emparait de la corde à gauche et fonçait.

Dans le domaine hippique également, l'Amérique affirmait sa différence. Tandis que sur le Vieux Continent, les hippodromes déroulaient leur moquette d'herbe sur de longs couloirs, les Américains avaient recouvert leurs pistes de terre sablonneuse. Alors qu'en Europe, la course d'attente était une règle d'or, en Amérique, il valait mieux s'élancer en tête pour éviter les projections de sable et la nuée de poussière qui brûlaient les yeux et les poumons. De plus, la physionomie des tracés, avec des virages au cordeau et de brèves lignes droites, laissait peu de chance aux concurrents à la traîne de revenir sur la tête. Le spectacle de la chevauchée sauvage se répétait sur les trois cents hippodromes qui avaient poussé comme des champignons de Philadelphie à San Francisco.

Le nombre des adversaires de *Man o' War* se rétrécissait comme peau de chagrin à mesure que l'alezan affirmait sa supériorité. La limite de ses capacités était inconnue. Loftus n'employait pas à fond ce poulain musclé comme un sprinter, et dont le corps allongé rappelait la physionomie du cheval de longues distances, qu'on appelle *stayer* en anglais. Ainsi profilé, il semblait invulnérable sur toutes les distances.

Pour oublier la guerre, l'Amérique avait besoin de rêve et de distractions. L'époque offrait un premier rôle à ce poulain alezan grand, fort et beau, qui avait la prestance d'un acteur et un nom prédestiné. Au grand galop, il contribua à lancer une décennie de prospérité. Les médias avaient oublié *Colin*, élu précipitamment cheval du siècle quelques années auparavant.

Saratoga Springs, le meeting hippique le plus ancien du pays, constituait la destination estivale incontournable pour la belle société de la Côte Est. Tout propriétaire voulait s'y montrer en engageant un maximum de pensionnaires, et Riddle y présenta tout naturellement *Man o' War*. En dépit de ses cinq succès en série, qui d'ordinaire auraient dissuadé les entraîneurs d'aligner leurs meilleurs chevaux contre lui, *Man o' War* affronta neuf concurrents pour ses débuts à Saratoga, le 2 août. Il devança *Upset* de deux longueurs. Le 13 août, sur la même distance (1 207 m) et dans des conditions de poids identiques (15 livres en faveur de son adversaire), contre toute attente, le fils de *Fair Play* s'inclina dans les Sanford

Memorial Stakes. Cette unique défaite contribua à la gloire de l'alezan autant que toutes ses victoires.

Si l'absence d'images a servi la légende, les témoignages concordent sur un point : le favori avait raté sa mise en train, la phase la plus déterminante de la course à une époque où les boîtes de départ n'existaient pas. Un double fil tendu en travers de la piste matérialisait alors la ligne derrière laquelle se rangeaient les partants. Pour remplacer le starter titulaire, Mars Cassidy, qui était malade, les commissaires avaient fait appel au retraité Charlie Pettingill. Mais le vieux Charlie avait perdu la main. Après plusieurs faux départs, l'irritation des chevaux et l'exaspération du public étaient à leur comble. *Man o' War* procédait à une virevolte quand Pettingill libéra enfin les sept partants. *Golden Broom* s'était projeté au commandement, suivi par *Upset*. Le poulain de Riddle occupait la cinquième position. À mi-parcours, *Man o' War*, bloqué par *Donnacona*, était pointé à deux longueurs d'*Upset* qui avait dépassé *Golden Broom*. Soufflant comme des locomotives, les chevaux déboulèrent à 65 km/h à 200 m de l'arrivée. Loftus tenta de glisser son crack le long de la corde. En selle sur *Upset*, Willie Knapp refusa de céder la place, malgré les exhortations de Loftus. Le jockey de *Man o' War* déboîta à droite. Trop tard : *Upset* avait franchi le poteau une demi-longueur devant.

Pour prix de sa victoire, *Upset* le bien-nommé (en anglais, le terme signifie surprise, bouleversement, renversement) fut voué à l'ignominie. Les commentateurs abusèrent de son nom, qui devint un terme générique pour qualifier un résultat surprenant. Des scrupules tracassèrent Knapp, qui avait déboulonné l'idole.

*Man o' War* traversa également quelques nuits agitées, à en croire les confidences du garçon d'écurie qui dormait dans la pièce contiguë à son box. La défaite l'avait déstabilisé, dévoilant toute sa fragilité. L'absence de son voisin de stalle, un cheval de chasse, suffisait à déclencher une crise d'angoisse. Le crack se rongeait alors les sabots ou se couchait, déprimé.

Quand il reprit la compétition, au printemps 1920, *Man o' War* dormait à nouveau à sabots fermés. Pourtant, un changement important était survenu. Loftus, meilleur jockey la saison précédente, et Knapp avaient été suspendus à la suite du résultat surprenant de Saratoga. Riddle avait plaidé la cause de son jockey devant la commission d'appel du Jockey Club, présidé par August Belmont II. Mais l'institution avait refusé de reconsidérer le premier jugement. Elle soupçonnait les jockeys d'arrangements en faveur de bookmakers évidemment intéressés par une défaite du grand favori.

Aucune preuve n'étaya ces soupçons. D'ailleurs, *Man o' War* s'était incliné face à un concurrent qui confirma sa valeur l'année suivante. Le 18 mai 1920, dans des conditions de poids beaucoup moins avantageuses, *Upset* termina deuxième des Preakness Stakes, précédé par *Man o' War*. Il se classa également à la deuxième place du Kentucky Derby à Louisville, à une courte tête de *Paul Jones*.

Loftus et Knapp avaient été sacrifiés sur l'autel d'intérêts supérieurs. Les membres du Jockey Club redoutaient la réaction virulente des ligues de vertu, qui avaient déjà obtenu le bannissement des courses dans plusieurs États, notamment à New York de 1911 à 1913. L'épisode signa la fin de la carrière de Loftus, vedette incontestée de l'année 1919, en selle sur deux cracks, *Man o' War* et *Sir Barton*, le premier conquérant de la Triple Couronne américaine : Preakness Stakes à Pimlico, près de Baltimore,

Kentucky Derby à Louisville et Belmont Stakes dans la banlieue de New York.

Le trophée n'avait pas encore le prestige qu'il a acquis avec le temps. Ainsi Samuel Riddle n'avait pas engagé son poulain dans le Kentucky Derby, estimant la distance (2 012 m) trop éprouvante pour un trois ans en début de saison. En fait, Louisville était trop éloigné de la Côte Est, quelque part entre le Middle West et le Far West.

Absent sur l'hippodrome de Churchill Downs, *Man o' War* ne manqua pas le troisième et dernier rendez-vous majeur du printemps, les Belmont Stakes (2 212 m). Il n'eut qu'à se présenter pour dominer de vingt longueurs *Donnacona*, son seul adversaire.

Le fils de *Mahubah* s'imposa ensuite dans les Dwyer Stakes, à Aqueduct, où il portait 126 livres, 18 de plus que l'unique adversaire en piste, *John P. Grier.* Autrefois entraîneur comblé de *Colin* et *Celt*, John Rowe dirigeait les carrières d'*Upset* et de *John P. Grier.* Il n'aurait point de cesse qu'un de ses représentants devançât à nouveau l'alezan cuivré qu'il appelait par dépit « *the red lobster* » (le homard rouge). Rowe imposa une course d'attaque au jockey Eddie Ambrose. Avec un demi-mile (805 m) parcouru en 46 secondes, et surtout les trois quarts en 1 mn 9 s. 6/10e (et même 1 m 9 s. 4/10e selon un autre chronométreur, ce qui constituait un nouveau record américain sur la distance), le challenger imprima un train d'enfer. Il courait à sa perte. *Man o' War* le dépassa facilement au poteau matérialisant les 200 derniers mètres, poteau intitulé depuis « *Man o' War* ». En 1 mn 49 s. 2/10e, le crack avait signé le record du mile et un huitième (1 811 m).

Le 21 août 1920, à l'occasion des Travers Stakes (1 mile et quart, soit 2 012 m) à Saratoga, Rowe engagea ses deux chevaux. À deux contre un, il pensait venir à bout du champion. La tactique était simple : envoyer en avant *John P. Grier*, qui mènerait un rythme d'enfer. Rowe espérait que *Man o' War* tomberait dans le piège en suivant le train suicidaire. *Upset* pourrait alors cueillir la victoire en venant de derrière. Kummer (ou *Man o' War*) renversa ce scénario en imposant lui-même une cadence de folie. À l'annonce des chronos intermédiaires, des exclamations admiratives montèrent de la foule. Superbe de puissance, avec sa crinière au vent, *Man o' War* parcourut les 1 207 m en 1 mn 10 s. Il franchit le mile en 1 mn 35 s. 6/10^e^. À l'arrivée, les chronomètres affichaient le temps record de 2 mn 1 s. 8/10^e^, pour une moyenne de 60 km/h. Détruit, *John P. Grier*, qui avait tenté de résister, ne foula jamais plus la piste d'un hippodrome. À l'heure des souvenirs, Feustel répétait que les Travers Stakes avaient constitué « le sommet de la carrière de *Big Red* ». « À égalité probablement avec une autre course, le Potomac Handicap, à Havre de Grace (Maryland), où il avait porté 138 livres, 30 de plus que le *Wildair*, le deuxième », ajoutait l'entraîneur. Dans cette dernière course, *Paul Jones*, le vainqueur du Kentucky Derby, avait fini quatrième et dernier.

La domination insolente de *Man o' War* avait transformé les courses en duos. Lors du Lawrence Realization, le crack faillit affronter la distance la plus longue de sa carrière en solitaire (1 mile cinq huitièmes soit 2 615 m). Mais les Riddle avaient convaincu Kathleen Jeffords d'aligner *Hoodwink*.

Pour éviter une humiliation à sa nièce, Samuel Riddle demanda à Kummer de maîtriser l'allure. Mais Elizabeth, qui ne pensait qu'à l'intérêt du public, donna des ordres contraires. Bien que ralenti dans les derniers 100 mètres, le crack courut la distance en 2 mn 40 s. 8/10^e^, avec un passage au mile et demi (2 412 m) en 2 mn 28 s. 8/10e. Hoodwink termina à cent longueurs. En fin de saison, un promoteur organisa un match entre *Man o' War* et son aîné *Sir Barton*, sur l'hippodrome canadien de Windsor (Ontario). Le cadet, toujours en tête, repoussa son rival occasionnel à sept longueurs. Pour la première fois, grâce à l'utilisation de quatorze caméras, on filma une course hippique dans son intégralité. La pellicule fut projetée une semaine plus tard à Broadway, en présence d'Eleanor et August Belmont.

Riddle souhaitait prolonger d'une année la carrière du pur-sang. Mais, après avoir pris connaissance des charges que le handicapeur avait prévues pour son cheval (entre 145 et 150 livres), le propriétaire renonça. Il refusa aussi la proposition d'un autre duel, cette fois face au vieil *Exterminator*, une bête à compétition qui s'arrêta seulement le jour de sa centième course.

Quand il prit sa retraite, à l'aube des années vingt, qualifiées de rugissantes, *Man o' War* composait l'avant-garde du sport américain aux côtés de deux champions nés en 1895. Le premier, Babe Ruth, fils aîné d'un tenancier de bar, avait préféré les quais de Baltimore, où il chiquait du tabac, aux bancs des écoles. Placé en maison de redressement, il trouva la rédemption auprès d'un religieux irlandais, frère Mathias, qui frappait fort la balle avec une batte. Babe devint la légende du base-ball.

Originaire du Colorado, Jack Dempsey était, lui, l'un des onze enfants d'une famille besogneuse. À seize ans, il quitta la maison familiale pour embarquer à bord des trains de marchandise comme des milliers d'itinérants. Ils s'arrêtaient pour travailler un temps puis repartaient. Pour survivre, Jack se servait de ses poings, un bon apprentissage pour accéder plus tard au titre mondial des poids lourds.

Quand ils quittent la scène sportive, les champions humains disparaissent du cercle médiatique. *Man o' War* connut, au contraire, un regain de popularité. Pour les Américains, *Big Red* n'était pas qu'un pur-sang exceptionnel. Il appartenait au patrimoine, une notion qu'ils expriment avec le terme « *heritage* ».

La tournée d'adieux du champion fut orchestrée avec un sens aigu de la promotion. Elle débuta à Media, en Pennsylvanie, où des milliers de personnes attendaient le crack autour de la propriété des Riddle, Rose Tree Hunt. Parmi les fans, on reconnaissait la haute silhouette de Jack Dempsey.

La popularité et le statut du cheval champion incitaient non seulement les vedettes du sport, mais aussi les personnalités de la vie sociale et politique, à se montrer à ses côtés. En mars 1921, le révérend Billy Sunday, ancien joueur de base-ball réputé pour son éloquence, assista au retour de *Man o' War* sur sa terre natale du Kentucky où il n'avait jamais couru. Cette rencontre marqua le prédicateur le plus célèbre de l'époque. En souvenir de cet épisode, il fit écrire sur sa tombe, au Forest Home Cemetery de Chicago, l'épitaphe suivante : « J'ai mené un bon combat. J'ai fini ma course. J'ai gardé la foi. »

La radio, concept si révolutionnaire que les premiers auditeurs démontaient l'appareil pour y débusquer un nain parlant, connut un développement d'autant plus fulgurant aux États-Unis qu'elle abolissait les distances. Si les networks, alors à leurs balbutiements, avaient raté la courte carrière sportive de *Man o' War*, ils ne manquèrent aucun événement majeur de sa longue retraite. La vie du crack dura le temps que six présidents se succèdent à la Maison Blanche. Un autre record.

Presbytérien et traditionaliste, Riddle n'en avait pas moins un sens avisé des affaires. Il trouva un rôle à la mesure de son crack : ambassadeur permanent du monde des courses. Le cheval recevait chaque année la visite, payante, de plusieurs dizaines de milliers de personnes. En un quart de siècle, un million et demi de personnes affluèrent devant son paddock. *Man o' War* fut hébergé à Hinata Farm lors de sa première année de monte, en attendant l'achèvement de la construction de Faraway Farm, le harem que Riddle lui avait destiné.

Willie Harbut, un Noir costaud, s'occupait de l'étalon dont il berçait les jours avec des chansons douces. Comme s'il phrasait le Gospel de ses ancêtres, le groom répétait aux visiteurs qu'ils admiraient « *the mostest hoss that ever wuz* » (le plus grand cheval qui ait jamais existé). « *Oh Lord, the mostest hoss. Unbeaten.* » Invaincu ? Si quelqu'un faisait remarquer que *Man o' War* avait subi une défaite, certes injuste, mais une défaite quand même, Willie fronçait les sourcils et répliquait, sans se démonter : « Je n'en ai jamais rien su. » Le champion se prêtait au jeu. Tenu en longe, il se promenait pour recevoir l'hommage des touristes conquis par sa majesté.

Ce qui restait de l'écurie d'August Belmont fut vendu à la mort du propriétaire. Joseph E. Widener se fit un devoir d'acquérir le vieil étalon *Fair Play*. « Le cours de nos vies avait été changé par un cheval en or. Ce cheval était le grand bonhomme du turf américain, *Fair Play*, père de *Man o' War*. Je n'oublierai jamais le moment où il fut présenté dans la salle. Le soleil du Kentucky ruisselait sur sa robe, brunissant de sa dorure les flancs alezans. Il ressemblait à un roi, et il se comportait de manière plus autocratique que n'importe quel dictateur. [...] C'était toujours un esprit rebelle. Il remuait et donnait des ruades comme un joyeux yearling. Finalement, on dut le mener à l'extérieur par crainte qu'il ne s'emballe au milieu de la foule admirative. L'énergie de ce cheval de vingt-deux ans, son impatience royale, me subjuguèrent. Des larmes glissèrent sur les visages de vieux messieurs mais aussi de garçons qui avaient soigné *Fair Play* durant vingt ans », relata Peter A.B. Widener, un des fils de Joseph. Ce dernier avait également acquis *Mahubah*, devenue stérile avec l'âge. Dans le cimetière de sa Normandy Farm (Kentucky), le mécène fit ériger une statue de *Fair Play*, qui domine les carrés où reposent le père (*sire* en anglais) et la mère (*dam*) de *Man o' War*.

Selon l'adage « *time is money* », qui avait cours dans un pays en constante mutation, les Américains avaient transposé la culture du temps fractionné dans le domaine sportif.

*Man o' War* améliora une pléiade de records sur toutes les distances, illustrant la civilisation des nouveaux dieux Chronomètre et Statistiques. Son temps sur le mile trois huitièmes des Belmont Stakes résista un demi-siècle, celui de la Lawrence Realization ne fut égalé que quarante ans plus tard par Kelso, son arrière-petit-fils par la branche maternelle.

*Man o' War* devint un personnage public. Le commentateur vedette de la chaîne NBC, Clem McCarthy, lui consacra une émission à l'occasion de son vingt et unième anniversaire, le 29 mars 1938. Le cheval se tenait sagement derrière une table sur laquelle un gâteau avait été posé. Les auditeurs purent entendre le traditionnel « *happy birthday* ». Endimanchés, les invités se tenaient au fond de la scène, un peu intimidés. À droite du héros, les époux Riddle rayonnaient. Samuel évoqua, avec des trémolos dans la voix, le grand champion « inégalé », dont le fils le plus illustre, *War Admiral*, avait conquis en 1937 la Triple Couronne.

M. Riddle était moins décontracté quelques mois plus tard, le 1er novembre 1938 à Pimlico, lors du duel entre *War Admiral* et *Seabiscuit*, petit-fils de *Man o' War* par le sprinter *Hard Tack*. Les Américains ont toujours privilégié cette lutte de cheval à cheval, qui rappelle les jeux du cirque. Et à deux, le risque d'incident de course est pratiquement exclu.

*Man o' War* tendit les oreilles. Willie avait haussé le volume du poste radio pour entendre la retransmission de la course que toute l'Amérique avait appelée de ses vœux. Aucun des protagonistes n'avait hérité de la prestance du patriarche mais tous deux étaient de vaillants pur-sang. À poids égal, *Seabiscuit* s'imposa avec quatre longueurs d'avance. *Man o' War* ne se départit pas d'une neutralité bienveillante. Il ne voulait pas d'histoires en famille. Elizabeth Riddle, qui avait édité en 1942, quelques semaines avant sa mort, un livret à compte d'auteur intitulé *Man o' War parle à ses enfants*, insistait sur cet esprit paternel. « Tous mes enfants, je pense, sont de bonne qualité. Bien sûr, chacun ne peut être le meilleur de sa génération [...] Ici, dans ma maison adorable, je reçois la visite d'une multitude de gens qui viennent de partout. Ils écrivent leurs noms dans un livre. J'en suis fier. Je les regarde et ils me font croire que je suis le roi de la piste. » C'est touchant et naïf. De cette naïveté qui devient qualité quand les Américains y puisent un optimisme à tous crins.

*Man o' War* fut le grand témoin de son temps, qui enflammait l'orgueil national face à la morgue anglaise. En vertu du Jersey Act de 1913 qui sanctionnait l'infaillibilité du stud-book anglais, les Britanniques ne reconnaissaient pas *Man o' War*, dont la lignée maternelle comportait quelques zones d'ombre, en tant qu'étalon. Les Américains avaient répondu à cet affront en invitant *Papyrus*, lauréat du Derby d'Epsom, à défier *Zev*, vainqueur du Kentucky Derby. Avantagé par un terrain qui lui était familier, *Zev* avait défait le visiteur à Belmont Park, le 20 octobre 1923.

Glenn Riddle et ses neveux Jeffords avaient décidé que leurs poulinières seules, dont beaucoup avaient été achetées en Angleterre, auraient accès aux faveurs de *Man o' War*. Malgré cette politique restrictive, l'étalon vedette produisit une douzaine de vainqueurs classiques lors des trois premières années de monte, dont *American Flag* et *Crusader*, vainqueurs des Belmont Stakes en 1925 et 1926. Les pouliches *Florence Nightingale* et *Edith Cavell* remportèrent les Oaks. Par la suite, Riddle entrouvrit la porte à des juments extérieures. Néanmoins, si la mariée était trop belle, il l'écartait pour éviter que d'autres éleveurs profitent du sang de *Man o' War*.

Au total, soixante et un vainqueurs de courses de groupe transmirent le sang précieux de « *Big Red* ». La cinquième année donna un autre vainqueur du Kentucky Derby, *Clyde Van Dusen*, et *Annapolis*, un excellent père de champions de steeple-chase. Sans oublier *Hard Tack*, le père de *Seabiscuit*. *Man o' War* était un reproducteur très éclectique, père de *Battleship*, vainqueur du Grand National de Liverpool en 1938, à la cote de 40 contre 1, *Blockade*, champion de concours complet, et *Holystone*, spécialiste de saut d'obstacles. Sacré coup porté aux Britanniques, *Battleship* est resté dans les annales comme étant le plus petit vainqueur (par la taille) du Grand National et monté par le jockey le plus jeune et le plus grand (en taille) de l'histoire de la course.

En mai 1947, on mit un terme aux visites qui importunaient désormais le vieil étalon. Les cœurs du héros et de son fidèle lad étaient fatigués. Celui de Willie Harbut céda le premier, au début de l'automne. « *The mostest horse* » s'en alla à son tour vers le grand inconnu, le 1er novembre, une date de circonstance.

« *Our big horse just died*[1]. » Ce communiqué, transmis à l'Agence Associated Press par Patrick O'Neil, directeur du haras Faraway Farm, informa le monde. L'écrivain et historien new-yorkais Joe Palmer, plume respectée du turf, convoqua alors la nostalgie : « L'ancien temps est bien mort, le dernier lien s'est rompu. Le turf américain a perdu, et ne retrouvera peut-être plus jamais un symbole aussi vivant, un souffle, un cheval glorieux synonyme de « course » pour chaque passionné mais aussi pour n'importe quel touriste de Portland ou de San Diego. Car *Man o' War* était, si ce n'est plus qu'un cheval, au moins ce qu'aucun cheval n'avait jamais représenté avant lui. »

*Man o' War* eut droit à des funérailles nationales retransmises en direct à la radio, avec plusieurs speakers qui se relayaient sur l'antenne. Pour la première fois, on avait embaumé le corps d'un cheval. « C'est qui lui ? », avait demandé autrefois un spectateur en découvrant l'alezan qui se dirigeait vers le départ d'une course. « C'est Lui, et aucun adversaire n'est capable de rester à ses côtés », avait rétorqué le garçon d'écurie. *Man o' War* fut déposé dans une grande caisse carrée recouverte d'un drap noir et jaune, les couleurs de sa casaque. On l'enterra dans un coin de la Faraway Farm, en présence d'un demi-millier de personnes. Kummer, son partenaire privi-

1. « Notre champion vient juste de mourir. »

légié, était décédé depuis plus de quinze ans, emporté à seulement trente et un ans par une pneumonie.

Riddle avait souhaité conserver le souvenir de son incomparable champion dans le bronze. La statue, grandeur nature, ne fut pas terminée du vivant de *Man o' War*, l'artiste n'ayant pu respecter les délais en raison des restrictions matérielles liées à la guerre.

On déposa la statue sur le socle de marbre qui recouvrait la sépulture du cheval. Comme *Man o' War* appartenait à l'histoire du pays, sa dépouille et le bronze furent transférés en 1976 au Kentucky Horse Park. « Là, *Man o' War* se dresse à nouveau dans sa splendide solitude – éternel, serein, souverain », a écrit Edward L. Bowen, en conclusion de son livre *Man o' War*.

Samuel Doyle Riddle survécut trois ans à son champion. À la fin, il ressemblait, selon un témoignage rapporté par la revue *The Thoroughbred Record* (*Le Souvenir du pur-sang*), « à un sénateur romain à l'époque de Cicéron et César ». M. Riddle avait réécrit son histoire à la lumière de celle du crack qui avait transfiguré sa vie. « Beaucoup d'hommes peuvent posséder un million de dollars, mais un seul est le propriétaire de *Man o' War* », aimait-il à répéter. En 1921, il avait décliné, entre autres, l'offre d'un magnat texan du pétrole, William Waggoner, qui lui avait proposé un demi-million de dollars, puis le double, et enfin un chèque en blanc. « Allez d'abord en France acquérir les restes de Napoléon, puis passez par Londres acheter les joyaux de la Couronne britannique. Et, sur le chemin du retour, prenez l'original de la Constitution (américaine) à Washington », avait répondu Riddle.

« *Big Red* » était tout à la fois. À la mort du cheval, des voix se firent entendre pour qu'on lui réserve une place aux côtés des quatre présidents illustres (George Washington,

Abraham Lincoln, Thomas Jefferson et Theodore Roosevelt) dont les profils sont taillés dans la roche du mont Rushmore (Dakota du Sud). *Man o' War* n'était-il pas, à sa manière, un père fondateur, argumentèrent ses partisans. Mais, devant l'incongruité d'une telle proposition, l'idée fut abandonnée.

Le rang que *Man o' War* a conquis dans l'histoire américaine n'a nul besoin de cet artifice. Il tient autant à la gloire acquise sur les champs de courses qu'à une longévité partagée avec Eleanor Robson qui mourut centenaire. Surnommée « Miss Metropolitan Opera », l'ancienne actrice avait traversé plusieurs fois l'Atlantique infesté de sous-marins allemands pour des missions d'inspectrice de la Croix-Rouge, autant d'occasions de se rapprocher de son vieil époux. L'épopée de *Man o' War* est pour toujours liée aux vies dorées des Belmont, Riddle et Widener. On découvre aussi dans cet univers George Herbert Walker, grand-père de George Bush, et Averell Harriman, diplomate et conseiller de plusieurs présidents. Ils appartenaient au groupe d'associés qui acquit l'écurie de feu August Belmont.

Ceux que les personnalités convenues ennuient peuvent s'évader au Belcourt Castle à Newport. Oliver Hazard Perry, un des frères d'August II, fit ériger ce château incroyable en styles médiéval et Renaissance. Oliver était l'original, l'artiste de la famille, bien dans l'air du temps des extravagances de la Gilded Age Society. Buveur d'absinthe, il avait épousé en secondes noces la féministe Alva Vanderbilt, l'ex-femme de William Kissam Vanderbilt, le parangon des milliardaires.

# ÉPILOGUE

Chaque premier samedi de mai, Louisville, ainsi baptisée en l'honneur du roi Louis XVI, redevient la capitale d'un jour de l'Amérique. Cela durera tant qu'on y disputera le Kentucky Derby, organisé depuis 1875, soit un siècle après que Market Street, la rue centrale, eut accueilli les premières courses à cru des environs.

L'hippodrome de Churchill Downs, où se déroule le Kentucky Derby, fut inauguré en 1874 par le colonel Lewis, en hommage à ses oncles John et Henry Churchill qui lui avaient légué les terrains vallonnés.

*Man o' War* n'a jamais couru sur la piste de Churchill Downs. Mais un boulevard de la ville, qui ressemble à une voie triomphale, célèbre son souvenir. « La ville de Louis » a donné aussi naissance à Cassius Clay, devenu plus tard Mohamed Ali. L'adolescent longiligne mit les gants pour la première fois à la Central Gym, sur les conseils du sergent Joe Martin.

Dans ce coin de l'Amérique profonde, où le grand boxeur est resté incompris, l'air semble propice aux personnages hors norme. Le cinéaste Gus Van Sant, dont le film *Elephant* a reçu la Palme d'or et le Prix de la mise en scène du Festival de Cannes 2003, est également un enfant de la ville.

Ocean City est une localité côtière du Maryland envahie par les touristes. En s'éloignant de quelques kilomètres, le long de la route nationale 50, on foule les terrains qui appartenaient à la Glenn Riddle Farm. Le bâtiment central, dans lequel *Man o' War* vécut pendant ses deux saisons de courses, est parti en fumée dans un incendie en 1969. Le reste du domaine a été vendu à une société immobilière qui construit des maisons et un deuxième paradis pour golfeurs. Le premier parcours, qui s'étend à perte de vue au bord de l'océan, est considéré comme le plus beau de la Côte Est.

# PHAR LAP
(1926-1932)

# IDENTITÉ

L'Australie comptait en 1930 moins de sept millions d'habitants, débarqués en majorité de Grande-Bretagne depuis la fin du XIXe siècle. Cette grande coque vide, peuplée essentiellement sur le littoral, risquait de chavirer comme une âme en peine. Il fallait des points d'ancrage pour affirmer l'appartenance à une même nation. La littérature et le sport contribuèrent, chacun à leur manière, à cette entreprise. Poètes et écrivains s'inspirèrent des mystères d'un arrière-pays (le bush) encore à découvrir, de la culture aborigène, des mythes et des légendes pour donner une réalité physique et spirituelle à ce pays. Le cricket et la boxe furent autant d'occasions de défier, puis de dépasser les maîtres britanniques.

L'équidé avait accompagné les colons aux Antipodes. Néanmoins, il n'avait pas eu la place prépondérante qui avait été la sienne aux États-Unis, où il avait participé activement à la conquête des territoires. Sur une île vaste comme un continent, il n'avait pas joué un rôle économique aussi important en raison des conditions climatiques difficiles et la faible densité humaine.

Aux côtés de vingt-sept chameaux, plus adaptés au climat subtropical pour transporter la nourriture et le bois de chauffage, vingt-trois chevaux avaient bien participé en 1860 et 1861 à une expédition audacieuse. La colonne avait traversé le pays du Nord au Sud, entre Melbourne et le golfe de Carpenteria, soit 4 500 km aller et retour. Les deux responsables, Robert O'Hara Burke et William John Wills, étaient morts d'épuisement sur le trajet du retour. Ils eurent droit à des obsèques nationales à Melbourne. La plupart des chevaux de l'expédition n'avaient pas survécu.

Quelques semaines après cette tragédie, en novembre 1861, fut disputée la première édition de la Melbourne Cup, sur la distance de 2 miles (3 200 m) et selon la formule handicap. *Archer*, le cheval vainqueur en 1861 et 1862 avait effectué au pas les 860 km séparant son écurie située à Nowra, au sud de Sydney, jusqu'à Melbourne. Trois semaines furent nécessaires pour mener à bien cette fatigue d'une autre époque.

La Melbourne Cup est la seule épreuve hippique au monde pour laquelle un jour férié a été décrété, le premier mardi de novembre. Même l'activité parlementaire est suspendue. Les rues des grandes villes se vident et les pubs regorgent de monde en début d'après-midi, quand l'heure de la course approche. Des centaines de milliers de personnes s'installent devant leur télévision. Il y a cinquante ans, leurs grands-parents attendaient l'oreille collée au poste de radio.

L'hippodrome de Flemington rassemble plus de cent mille spectateurs, dont beaucoup ont trop bu pour apprécier les péripéties de la course, qui devient alors prétexte à un défoulement autorisé et même bienvenu.

# UN CHEVAL ET DES HOMMES

Au début de février 1928, en plein été austral, un yearling dégingandé fut débarqué dans sa caisse du pont inférieur d'un bateau provenant de Wellington (Nouvelle-Zélande), et déposé sur un quai du port de Sydney. Deux hommes étaient venus prendre livraison du passager spécial. Il y avait là Tommy Woodcock, vingt-deux ans, jockey manqué, qui voulait néanmoins s'occuper de pur-sang, et Harry Telford, cinquante et un ans, qui, comme tout entraîneur, espérait la venue du crack susceptible de donner un sens à sa carrière.

Harry avait demandé à son frère Hugh, résidant dans l'archipel, d'acquérir le lot 141 aux ventes de yearlings de Trentham, le 24 janvier 1928. Hugh Telford n'eut pas à enchérir beaucoup. Le poulain n'intéressait pas grand monde ; il fut adjugé pour 160 livres.

Jetant un coup d'œil par-dessous les bords relevés de son large chapeau de feutre, Woodcock fut surtout impressionné par la taille du yearling. La tête couverte de verrues et d'ecchymoses, épuisé par une traversée de 2 000 km, le jeune cheval était dans un piètre état physique. Il faisait penser à ces émigrants qui, à la fin du XVIII<sup>e</sup> siècle, descendaient des navires par milliers, après un voyage exténuant de quelque 20 000 km depuis les côtes britanniques. Des exilés politiques irlandais, des prisonniers de droit commun, des prostituées que le gouvernement de Sa Majesté avait envoyés à l'autre bout du monde pour peupler à bon compte la Terre inconnue d'Australie.

Trop désargenté pour s'offrir un cheval même à bas prix, Harry Telford avait intéressé David J. Davis, un Américain qui avait réussi dans les affaires à Sydney. Mais, quand il découvrit le poulain, Davis refusa d'honorer le prix d'achat. Telford proposa alors de louer l'animal pour trois ans. En échange de la pension qu'il prenait entièrement à sa charge, il garderait les deux tiers des gains. L'accord stipulait également qu'il deviendrait, au terme du bail, copropriétaire du galopeur pour la somme de 500 livres. Copropriétaire d'un canasson incapable de gagner ne serait-ce que son avoine, pensait Davis, satisfait de l'arrangement.

Ce n'était pas la première fois que Harry Telford achetait des yearlings en Nouvelle-Zélande, une terre plus propice que l'Australie à l'élevage des chevaux, du fait de son climat tempéré. *Carbine*, lauréat de la Melbourne Cup 1890 sous le poids record de 67,2 kg, était né au pays des kiwis. À défaut du légendaire *Carbine*, surnommé « *Old Jack* », Telford se serait contenté de découvrir un autre *Gloaming*, le champion qu'il avait côtoyé chez l'entraîneur Richard Mason. Telford avait hérité sa passion pour les chevaux de son père, qui avait exercé les fonctions d'entraîneur.

À la recherche du pur-sang qui changerait sa vie, Telford passait ses nuits à étudier les pedigrees. En feuilletant le catalogue des ventes de Trentham, il s'était arrêté sur un fils de *Night Raid* et *Entreaty*. Les parents et grands-parents étaient modestes, certes, mais l'arrière-cour des générations proposait trois grands sires : *Saint Simon*, *Stockwell et Musket*. De plus, il avait noté parmi les ancêtres maternels une certaine *Miss Kate*. Ce nom le ramenait aux années de sa jeunesse, lorsqu'il s'occupait de l'excellent *Prime Warden*, justement un fils de *Miss Kate*.

Un gamin, avec l'optimisme de ses quinze ans, croyait également dur comme fer au succès de l'opération. Heaton Cashell Martin montait le fils de *Night Raid* à l'aube, avant d'aller en classe. Intarissable sur l'alezan quand il en parlait à ses camarades d'école, Cashy jurait que le poulain deviendrait un crack. Martin habitait tout près de la modeste écurie de Telford, qui se limitait à quatre stalles et une cour en sable. L'apprenti était tout fier de présenter à ses camarades de quartier sa merveille, si haute sur jambes qu'il devait se faire aider par deux garçons pour accéder à la selle.

Le poulain avait désormais un nom, baptisé par l'ironie d'un turfiste d'origine asiatique : *Phar Lap*, qui signifie « l'éclair » en thaï. Durant les premiers mois de son apprentissage, le cheval était apparu amorphe. Il n'avait pas vraiment la tête aux exercices. Pour le rendre obéissant et attentif, l'entraîneur l'avait fait castrer.

Telford n'avait pas les moyens d'engager un jockey professionnel pour monter le poulain en course. Cash Martin pouvait s'en charger. Le 23 février 1929 à Rosehill, l'un des hippodromes de Sydney, avant de se mettre en selle, Martin paria un dollar sur son chouchou, incitant ses copains à suivre son exemple. Sur les 1 106 m du Nursery Handicap, une épreuve dédoublée, *Phar Lap* termina dernier des treize partants.

Paradoxalement, Harry Telford n'était pas effondré. Le déroulement de la course avait seulement confirmé que

*Phar Lap* était encore un grand bébé. S'il avait des moyens, il ne savait pas courir. Et l'apprenti, débordant certes d'enthousiasme, ne possédait ni le métier ni la force physique pour dompter et guider un poulain doté d'une force sauvage.

Le petit Martin fut son partenaire une nouvelle fois, lors de sa troisième sortie. Ce fut un nouvel échec. Neuf semaines plus tard, à l'occasion de sa cinquième et dernière compétition à deux ans, le poulain s'imposa enfin. Telford pouvait sourire, et pas seulement à cause de l'allocation de 182 livres attribuée au vainqueur. L'entraîneur avait touché une belle somme en pariant sur son cheval à la cote de 7 contre 1. Un bon coup joué en deux phases qui avait consisté à engager d'abord le cheval dans une épreuve relevée, dans laquelle *Phar Lap* termina huitième, puis à le redescendre de catégorie dans un maiden, une course réservée à des chevaux qui n'ont jamais gagné.

Telford pouvait désormais demander au jockey vedette Jim Pike de tester les capacités du poulain lors d'un galop d'entraînement. « Quand le cheval se détend, il est impressionnant. Mais ira-t-il vite pour autant ? Je ne peux en être certain », expliqua Pike.

À trois ans, avec l'allongement progressif des distances – *Phar Lap* possédait un long rayon d'action – et la monte de Pike, le cheval révéla son potentiel. Abonné quelques mois auparavant aux épreuves de second rang, le fils de *Night Raid* se retrouva favori de l'important Australian Jockey Club (AJC) Derby, sur l'hippodrome de Randwick. Il domina la course, avec trois longueurs et demie d'avance sur *Carradale. Honour*, un Apollon fait cheval, se classa troisième à plus de onze longueurs. L'arrivée de l'AJC Derby ne reflétait pas la hiérarchie des ventes de Trentham où *Carradale et Honour* avaient été acquis pour, respectivement, 2 000 et 2 300 livres. *Phar Lap*, lui, n'avait coûté que 160 livres.

Après son triomphe à Sydney, *Phar Lap* prit la route de Melbourne pour participer à l'autre grand meeting du printemps australien, qui culmine avec la Melbourne Cup. Entretemps, Telford avait convaincu Woodcok de consacrer tout son temps au champion. L'entraîneur avait constaté que la présence de Tommy, qui s'était déjà occupé gratuitement du poulain, lui était bienfaisante. Leur affection mutuelle devint proverbiale. Le champion suivait Woodcok comme un chien marche derrière son maître. Il réclamait régulièrement le morceau de sucre que Tommy cachait dans une des poches de sa veste de travail. À regarder les deux amis aller ensemble, on pouvait se demander si ce n'était pas le cheval qui sortait Tom en promenade.

Trois jours avant l'événement majeur du turf australien, *Phar Lap* avait confirmé son ascendant sur la génération des trois ans en précédant une nouvelle fois *Carradale* à l'occasion du VRC Derby. Cette victoire faisait de lui le concurrent à battre lors de la Melbourne Cup. Telford ne partageait pas l'optimisme général. Dans l'incapacité de descendre au poids attribué à *Phar Lap* (7 stone et 6 pounds, soit 47,2 kg), Pike dut renoncer à monter l'alezan. Pour le remplacer, l'entraîneur s'adressa au vétéran Bobby Lewis. Ses craintes étaient fondées. Dès le départ, *Phar Lap* lutta contre son cavalier, tirant la tête en arrière. Épuisé par ce combat inutile, il se trouva sans ressources quand *Nightmarch* se détacha à l'entrée de la ligne droite pour gagner avec trois longueurs d'avance. *Phar Lap* abandonna même, aux abords du poteau, la deuxième place à l'outsider *Paquito*.

Au retour de la trêve hivernale, *Phar Lap* remporta une série de neuf victoires. La plus remarquable fut celle de l'AJC Plate, une épreuve de fond sur 2 miles et quart (soit exactement 3 622 m) à Randwick.

Sous la selle de Billy Elliott, remplaçant attitré quand Pike ne pouvait faire le poids, *Phar Lap* se propulsa au commandement devant son aîné *Nightmarch* et *Donald*, qui avaient relevé le défi. Il parcourut le premier demi-mile (805 m) en 49 secondes, comme s'il était parti pour une distance beaucoup plus courte. Aux 7 furlongs (1 407 m), il égala le record d'Australie de la distance ; au mile et demi, le chrono indiqua 2 mn 28 s. 5/10e, près de trois secondes de moins que la course record de l'AJC Derby. *Phar Lap* comptait une vingtaine de mètres d'avance sur *Nightmarch.* Il atteignit les 2 miles en 3 mn 20 s. 5/10e. À titre de comparaison, ce n'est qu'en 1971 qu'un vainqueur de la Sydney Cup, disputée sur 2 miles, réalisa un temps inférieur.

Elliott permit à son cheval de dérouler dans la dernière ligne. Le crack franchit le poteau au pas. Le chrono final restait quand même exceptionnel (3 mn 49 s.).

Le lendemain, la presse rivalisa de dithyrambes. « Le plus grand de tous les temps », titrait *The Truth* (*La Vérité*), « *Phar Lap*, le meilleur galopeur de l'histoire », annonçait *The Referee*, « *Phar Lap*, un galopeur exceptionnel » pour *The Sydney Mail.*

Davis et Telford entretenaient chacun leur cercle de relations. Proche d'Eric Connolly, un bookmaker influent, Davis souhaitait que le crack disputât une épreuve à Perth, sur la côte occidentale. Mais l'entraîneur aligna le cheval dans la Randwick Cup. Telford avait été approché, sans plus de succès, par un autre bookmaker, soupçonné d'appartenir au milieu, qui avait proposé 10 000 livres contre la cession des cinq derniers mois du bail. *Phar Lap* remporta cinq succès de suite à Sydney, dont quatre fois en devançant *Nightmarch.*

Les histoires de paris troublèrent les préparatifs de l'édition 1930 de la Melbourne Cup. Les intimidations et menaces se précisèrent. Le 22 octobre, le conducteur d'un véhicule aux plaques d'immatriculation maquillées tenta d'écraser le cheval sur une route publique jouxtant l'hippodrome de Caulfield, à Melbourne, où Telford logeait et entraînait son effectif durant le meeting de Flemington.

L'escalade monta d'un cran le samedi 1er novembre à l'occasion de la promenade matinale. La pénombre – il était 5 h 10 en cette fin de printemps dans l'hémisphère Sud – contribuait à renforcer l'atmosphère de film policier. Une voiture attendait à proximité d'un carrefour que *Phar Lap*, le fidèle Woodcock et le poney de compagnie s'apprêtait, comme chaque jour, à traverser. À leur arrivée, le conducteur démarra lentement et le passager à l'avant, le visage dissimulé, tira avec une arme à feu en direction de *Phar Lap* et de son lad. Aucun des deux ne fut touché.

En dépit de cet incident, *Phar Lap* remporta l'après-midi même les Melbourne Stakes, épreuve préparatoire à la Melbourne Cup. Les enquêteurs retrouvèrent bien un impact de balle dans un buisson, ce qui accréditait plutôt la thèse de l'intimidation qu'une volonté d'élimination. C'était un avertissement pour que Telford retire son cheval de l'épreuve majeure du turf australien. La présence d'un favori à 8 contre 11, soit la plus petite cote jamais enregistrée dans la course, risquait de ruiner les bookmakers.

Le soir même, *Phar Lap* fut transporté en secret à St Albans, à 70 km au sud de Melbourne, dans la propriété d'un officiel du Jockey Club de l'État de Victoria. Pour donner le change, Telford demeura à Caufield. Il avait dans son écurie un cheval aussi imposant que *Phar*

*Lap*. Il suffisait de faire porter à *Old Ming* les bandages blancs du champion. Les spectateurs présents aux entraînements ne s'aperçurent pas du subterfuge.

La Melbourne Cup est l'occasion pour les Aussies de jouer en masse. Ils comptent, avec les Britanniques, parmi les parieurs les plus acharnés de la planète. La tentation était encore plus forte à l'époque. Le jeudi noir de Wall Street, le 24 octobre 1929, avait plongé le monde dans la tourmente économique.

Telford s'enrichissait grâce à son champion. La plupart de ses collègues et des propriétaires, qui l'ignoraient quelques mois auparavant, venaient désormais vers lui, pour solliciter parfois de l'aide. Mais les succès n'avaient pas changé sa nature réservée et timide. L'année précédente, il avait suivi le Derby de Sydney depuis le parterre réservé aux populaires. Et il s'était fait représenter par son frère Hugh pour la remise des trophées.

Le pays s'enfonçait dans la récession. Le tiers de la population active avait perdu son travail. Et ceux qui avaient eu la chance de conserver leur emploi avaient vu leur salaire diminuer de 10 %. Le 4 novembre 1930, en milieu d'après-midi, *Phar Lap* devint le vainqueur le plus attendu et le plus populaire de la Melbourne Cup. Les Australiens jubilaient. « C'était comme si tous les chômeurs avaient retrouvé une activité. Comme si cette victoire annonçait des temps plus heureux », expliqua un témoin de cette joie. À la cote de 8 contre 11, le champion ne payait pas beaucoup. Mais, au moins, le gain était supérieur à la rémunération ridicule que les banques offraient aux épargnants, et plus sûr en ces temps de grandes secousses financières.

La saga du poulain et de son entourage, une histoire de courage et de foi, était une mine d'or pour les journaux en temps de crise. *Phar Lap*, à la fois extraordinaire et abordable, avait la moelle de ces émigrants qui avaient vaincu tous les obstacles. Extraordinaire car il avait remporté quatre épreuves au cours des huit jours qu'avait duré le meeting de Flegminton, du 1er au 8 novembre 1930. Autant que certains dans toute une carrière. Et puis comment ne pas s'émouvoir quand le fils de Harry Telford, Gerald, monté sur une chaise, se faisait photographier aux côtés du crack en tenant la Melbourne Cup, aussi grande que lui.

Les lecteurs et auditeurs furent informés que le héros avait failli rater le départ de la Melbourne Cup. Le camion qui le ramenait de St Albans, avait été retardé par des problèmes de démarrage. Ils apprirent également que, quelques semaines avant le terme de la location triennale, Telford était devenu effectivement copropriétaire contre le versement de 4 000 livres à Davis.

Le mardi 25 novembre 1930, jour de ses dix-sept ans, Cash Martin se leva tôt. La journée s'annonçait chargée. Il courut d'abord à l'entraînement puis retourna à la maison pour une rapide collation. Il fila ensuite à Gosford, à 70 km au nord de Sydney, où il devait monter, dans la quatrième épreuve, *La Gloria*, la pouliche qui lui avait permis d'ouvrir son palmarès un an plus tôt. Le jeune homme était pressé, car il avait décroché aussi une monte dans la course d'ouverture qui avait réuni vingt concurrents sur une piste étroite et tournante. Cashy fut piégé à 600 m de l'arrivée, quand les chevaux, surgissant de tous les côtés, se ruèrent dans l'entonnoir pour préparer le sprint. Dans la bousculade, sa pouliche *Servile* chuta, tête en avant. Projeté par-dessus l'encolure, l'apprenti retomba sous les sabots endiablés de la cohue. Le crâne fracturé et souffrant de multiples contusions, le gamin décéda sans avoir repris connaissance. Les douze coups de minuit venaient de sonner.

Le lendemain, Cam, son frère aîné, ouvrit devant un reporter l'album dans lequel Cashy avait consigné les photos et les coupures de journaux qui retraçaient sa carrière naissante et celle, déjà affirmée, de *Phar Lap*. « Vous pouvez imaginer combien cet album serait devenu épais », soupira Cam. Cashy rejoignait le triste cortège de tous ceux « qui auraient pu être ».

*Phar Lap* était devenu « *Big Terror* » pour ses adversaires. Pour tous ses supporters, il était simplement « *Big Red* » (grand alezan), une marque déjà déposée pour *Man o' War* aux États-Unis. Mais, pour désigner un alezan imposant, dont la robe tourne au rouge, le choix est restreint. Les clichés, qui illustraient sa parfaite entente avec Woodcock, suscitaient l'émotion, tant cette affection paraissait partagée. La force du cheval s'exprime dans une photo célèbre : Pike, qui monte très en avant, s'accroche quasiment à l'encolure du destrier volant, comme un naufragé à un rocher. La houle ne l'emporte pas car il est protégé par la masse athlétique de sa monture.

Entre le 14 septembre 1929 (deuxième à 10 contre 1 sur l'hippodrome de Randwick), et le 31 octobre 1931, lors de sa victoire dans les Melbourne Stakes, *Phar Lap* franchit trente-six fois la ligne d'arrivée en tête et se classa à cinq reprises dans les trois premiers. Il était ce géant qui s'époumona pour porter un poids écrasant et néanmoins battre d'une tête *Mystic Peak* dans les Futurity Stakes, au point qu'il lui fallut plusieurs jours pour récupérer de l'effort.

Ce cheval aidait les Australiens à mieux se situer dans le vaste monde. Les Aussies admiraient l'aviateur Charles Kingsford Smith et Donald Bradman, capitaine de l'équipe qui avait battu pour la première fois l'Angleterre lors d'un match de cricket. Mais le numéro un était incontestablement *Phar Lap*, qui bénéficiait d'un formidable instrument de promotion dans un pays aux dimensions d'un continent : la radio. Ses deux années de pleins succès coïncidèrent avec l'explosion du média parlé. Les auditeurs les plus reculés pouvaient entendre les commentaires en direct des courses disputées à Sydney et à Melbourne. Près de 40 % des programmes étaient consacrés aux retransmissions depuis les hippodromes. La TSF prit une telle importance qu'on interdit occasionnellement aux speakers l'accès à certains champs de courses, sous prétexte que le nombre des spectateurs était en baisse. Les grands journaux populaires et les publications de programmes radio faisaient la part belle aux stars du sport pour augmenter leurs tirages. Le cinéma, avec les informations filmées, complétait le maillage médiatique.

La série de victoires prit fin avec l'édition 1931 de la Melbourne Cup. À cinq ans, *Phar Lap* était encore favori malgré la montagne de plomb (68 kg) que les handicapeurs lui avaient infligée, un poids jamais porté par un cheval dans l'épreuve de référence du turf australien. Le héros de tout un peuple termina seulement huitième. Éreinté par les courses à répétition – six courses en autant de semaines –, il avait perdu sa fraîcheur. Telford, Woodcock et Pike souhaitaient épargner le crack. Davis aussi avait hésité à l'engager pour une troisième Melbourne Cup, mais l'avertissement du président du Jockey Club de l'État de Victoria (VRC) était lourd de sous-entendus : « Si vous déclarez le cheval forfait, c'est à vos risques et périls. » Pour Davis, l'important n'était pas de participer ou non à la Melbourne Cup. Il analysait la situation avec d'autres paramètres. Confrontées à la baisse d'affluence, conséquence évidente de la crise économique, les sociétés de courses avaient diminué leurs allocations. Davis négociait désormais avec les Américains, qui souhaitaient inviter le crack des Antipodes pour relancer l'intérêt hippique dans leur pays.

Une semaine après la Melbourne Cup, l'homme d'affaires confirma à la presse que le champion disputerait le 20 mars 1932 l'Agua Caliente Handicap, une épreuve richement dotée (50 000 dollars US au vainqueur) en territoire mexicain, à un trajet de voiture de la Californie.

Cette décision inquiétait Harry Telford, soucieux des conséquences qu'une traversée forcément exténuante de l'céan Pacifique aurait sur l'état physiologique et psychologique du cheval. Les Australiens étaient partagés entre la déception et la fierté. Ils regrettaient le départ d'un champion qui avait été, pendant deux saisons, sur le devant de la scène nationale. Ils éprouvaient dans le même temps de l'orgueil à l'idée que leur représentant le plus illustre puisse conquérir le Nouveau Monde.

Occupé par la gestion de sa propre écurie qu'il avait installée près de Melbourne, Telford renonça au voyage en Amérique. Woodcock ne refusa pas l'aventure. Il ne voulait pas abandonner son *Phar Lap* aux griffes de Davis. Le jockey Billy Elliott et un vétérinaire, Bill Nielsen, complétaient la petite équipe.

On décida d'une halte en Nouvelle-Zélande pour accorder du repos au champion avant le grand voyage. C'était aussi son retour dans son pays de naissance. Le hongre embarqua le 15 novembre sur le vapeur *Ulimaroa* dans le port de Sydney, où il était arrivé pauvre et inconnu trois ans et demi auparavant. Des centaines de personnes s'étaient rendues sur le quai de départ, sans imaginer qu'elles ne reverraient plus jamais leur idole. À Trentham, on fêta dans la joie le retour du foal prodige et prodigue.

Si les Australiens s'étaient approprié le cheval en vertu du droit du sol, les Néo-Zélandais étaient fiers de rappeler son origine. Sur un pont spécialement aménagé à son intention, *Phar Lap* quitta Wellington, au début de l'été austral, la dernière semaine de décembre, à bord du *Monwai*. Le navire accosta le 15 janvier, sous la neige, à San Francisco.

Le 27 janvier, après un trajet de près de 1 000 km par la route, le cheval arriva enfin à destination, à Tijuana. Autour de l'hippodrome de l'Agua Caliente (Eau chaude), tout un complexe de loisirs avait été construit dans les années vingt pour contourner la prohibition en vigueur aux États-Unis. Le site offrait tout ce qui manquait aux riches Californiens entre jeux (champ de courses, casino) et détente (hôtel, golf). Des artistes célèbres, comme Buster Keaton, s'y produisaient. L'engagement de *Phar Lap* constituait une attraction importante.

Les journalistes américains, habitués aux séances d'entraînements à base de sprints (600 ou 800 m à fond de train), découvrirent une autre manière de préparer un cheval. Woodcock proposait une préparation plus personnalisée. Il cachait aussi ses secrets en choisissant l'heure du déjeuner ou la tombée du jour pour donner des exercices plus soutenus à « *Bobby* ». Le cheval, qui avait toujours couru sur l'herbe, devait en priorité s'adapter au *dirt*, ce mélange de sable et de terre. Le 20 mars, face à dix adversaires, et sous les yeux d'une brochette de starlettes, *Phar Lap* s'élança avec un temps de retard, comme s'il avait oublié son métier. Sous la main énergique de Billy Elliott, il sortit de sa torpeur à l'entrée de la ligne droite et dépassa *Reveille Boy* de deux longueurs. La ligne était flatteuse pour l'Australien, car *Reveille Boy* venait de devancer *Gallant Knight*, deuxième du Kentucky Derby en 1930 derrière le crack *Gallant Fox*.

Ce fut la cinquante et unième et ultime course de *Phar Lap*, sa trente-septième victoire, que le roi George V salua en adressant un télégramme à David Davis.

Le mardi 5 avril, dans la propriété de Menlo Park, au sud de San Francisco, où le crack et son équipe étaient hébergés, Woodcock se leva comme tous les matins à 4 h 30. Sa première visite fut pour « *Red* », auquel il tendit comme d'habitude un morceau de sucre. Pour la première fois, le cheval bouda la friandise. Il suait sous sa couverture et soufflait bruyamment. Bill Nielsen, aussitôt réveillé, diagnostiqua une colique, maladie intestinale souvent fatale chez les chevaux. Le vétérinaire administra une purge. Après un répit, l'état de *Phar Lap* se détériora. La fièvre grimpait et le pouls devenait irrégulier. À 11 h 30, Nielsen ordonna à Woodcock de promener le cheval dans la cour, pour éviter un blocage du transit intestinal, le temps d'aller chercher son collègue Caesar Masoero, qui exerçait sur l'hippodrome voisin de Tanforan.

Les douleurs se firent plus intenses. Le cheval gémissait. Tommy rentra *Phar Lap* dans le box. Le cheval tomba à terre, épuisé. Peu après 14 h 00, il enfouit sa tête dans les bras de son ami. Du liquide s'échappa de ses narines dilatées et il rendit son dernier soupir. Tommy pleurait. C'était déjà le matin du mercredi 6 avril à Sydney et à Melbourne. Le Premier ministre, Joseph Lyons, était de bonne humeur. La Haute Cour venait de rejeter un amendement de l'opposition et il s'apprêtait à rencontrer la presse sur le sujet quand un collaborateur l'informa de la triste nouvelle. La politique passa au second plan et, dans une brève déclaration, M. Lyons rendit hommage au « merveilleux cheval », évoquant « une tragédie pour le sport et le pays ».

L'autopsie et les examens toxicologiques révélèrent une entérite aux causes indéterminées. On évoqua la toxicité d'une substance utilisée quelques jours auparavant pour traiter les arbres. Mais aucun des autres chevaux du domaine n'avait été indisposé. Alors, la rumeur enfla, comme une lame de fond qui aurait grandi dans le Pacifique : *Phar Lap* avait été empoisonné par les Américains. Propriétaires, entraîneurs et bookmakers américains, tous avaient intérêt à éliminer le crack des Antipodes.

Il n'y a pas pire poison que le soupçon. Un contentieux existait déjà entre l'Australie et les États-Unis au sujet du jeune boxeur Les Darcy. Conseillé par des agents peu scrupuleux, le grand espoir des poids moyens avait quitté son pays pour les États-Unis, où il espérait monnayer son talent. Le moment était inopportun : des dizaines de milliers d'Australiens s'engageaient pour combattre en Europe et le gouvernement organisait un référendum sur la conscription. La presse américaine se déchaîna, accusant Darcy de lâcheté. Les Australiens étaient eux-mêmes partagés sur l'attitude du boxeur. Sa mort prématurée par septicémie, à Memphis, le 24 mai 1917, retourna l'opinion en sa faveur. On ramena au pays le corps du malheureux Darcy pour des funérailles nationales.

Jim Pike, l'ancien jockey de *Phar Lap*, souhaita, le premier, qu'on rapatriât le champion. Son cœur, qui avait procuré tant de joies et fait verser une mer de larmes quand il avait cessé de battre, est conservé telle une relique au Musée national de Canberra (autrefois Institut national d'anatomie), haut lieu de la mémoire nationale. L'expression « *a heart as big as Phar Lap's* [1] » est devenue très courante. Le cœur pesait plus de 6 kg, beaucoup plus que la moyenne.

*Phar Lap* vit encore, aussi vrai que nature, avec sa dépouille alezane montée sur une armature sophistiquée de bois, d'acier et de fil de fer, au Musée Victoria de Melbourne. C'est l'attraction la plus visitée et la plus vénérée. Les veines des jambes ont été reconstituées avec une précision chirurgicale, grâce au travail de bénédictin des frères Louis, John et Leslie Jonas, taxidermistes américains.

Son squelette est conservé au Musée national de Wellington. Une chanson, *Phar Lap Farewell to You* (*Adieu à toi Phar Lap*), composée peu de temps après sa mort, connut un grand succès.

Dans une étude parue dans *The Journal of Australian Studies*, n° 54/55, 1997, p. 194-199, Jill Barnard et Elizabeth Willis analysent le phénomène d'identification. Les Australiens retrouvaient dans ce cheval les qualités de courage et de loyauté dont avaient fait preuve leurs pères, maris et fils sur les champs de bataille de la Grande Guerre. Il pouvait symboliser le retour impossible de ces milliers d'hommes du corps expéditionnaire australien et néo-zélandais (Anzacs) envoyés à la mort à Gallipoli, en 1916, pour forcer le détroit des Dardanelles défendu par les Turcs. Quelque sept mille Aussies et huit mille Néo-Zélandais avaient été sacrifiés par l'Amirauté britannique, dont le premier Lord s'appelait Winston Churchill.

*Phar Lap* avait dignement représenté son pays au-delà des mers du Sud.

---

1. « Un cœur aussi gros que celui de *Phar Lap* ».

Dans les jours qui suivirent la mort de son cheval, Telford reçut de nombreuses lettres de condoléances et autres poèmes. « Quand j'ai appris sa mort, c'était comme si j'avais perdu mon fils unique. Il m'est encore impossible de penser à *Red Terror* comme à quelqu'un qui est mort et s'en est allé », écrivit un admirateur. La plupart de ces messages sont conservés au Musée Victoria à Melbourne.

« C'était un ange, il était quasiment humain. Il ne lui manquait que la parole. Je n'ai jamais été idolâtre. Mais… j'aimais ce cheval », avait déclaré Telford. « Il était d'une merveilleuse disposition : charmant, courageux et plein de bon sens. Pour les chevaux, comme pour les hommes, cette touche supplémentaire de confiance qu'on inspire, ce petit plus de gaieté, fait les champions », avait déclaré le peintre Daryl Lindsay, qui brossa son portrait (in *Sporting Globe*, 13 avril 1932).

*Phar Lap* avait quasiment une intelligence d'homme, affirmaient ceux qui l'avaient côtoyé. Et il était meilleur que certains hommes, « ces brutes qui se travestissent en hommes, et qui feraient bien de s'en inspirer », soulignait le poète Jack Spinty. « Comme souvent un boxeur trace son chemin entre la pauvreté et la richesse, ainsi *Phar Lap*, acheté pour quasiment rien, était devenu le cheval le plus riche. Comme tous les Australiens, j'ai conscience que nous venons de perdre un frère », déclara Fred Henneberry, champion national des poids moyens.

« En entendant le tonnerre, nous nous souvenons encore de lui avec émerveillement, et l'imaginons galoper quand il pleut sur les toits », assurait l'auteur d'une autre lettre.

La mythologie s'empara du crack, avec une œuvre, *Phar Lap devant le char du soleil*, de Joseph Luke Fleury, artiste-peintre et décorateur de plusieurs églises à Sydney et Melbourne.

On frôlait l'idolâtrie quand certains le comparaient à Dieu, comme dans ce message : « Parfait et aimé comme Dieu, et comme Lui, trahi par ses amis. » « Au-delà de la course rapide de notre vie mortelle, *Phar Lap* continue de vivre dans une mémoire sans fin », soulignait un autre.

Woodcock, qui avait tant aimé le cheval et recueilli son dernier soupir, gagna une place privilégiée dans le cœur des gens. Un autre homme fut béatifié, Harry Telford, à qui on demandait quelques crins, comme une relique.

Telford n'avait-il pas un peu de cette folie visionnaire de Jean le Baptiste qui avait annoncé la venue du Christ. Telford, dans sa foi, avait préparé celle de *Phar Lap*. Il avait eu la patience de remonter jusqu'à la cinquième génération pour découvrir le futur champion. Les Australiens, dont on disait qu'ils descendaient de parias, lui en étaient reconnaissants.

Harry Telford semblait posséder une science divinatoire. Son père lui avait raconté une histoire capable d'ébranler les esprits les plus sereins. Le vieux Telford avait autrefois entraîné des pur-sang pour le compte d'un aubergiste local, Walter Craig, qui croyait dur comme fer à un poulain nommé *Nimblefoot*. En l'absence de résultats probants, le propriétaire avait confié son écurie à un entraîneur renommé. Plusieurs mois avant la Melbourne Cup, l'aubergiste avait fait un rêve étrange : *Nimblefoot*, délaissé à la cote, gagnait la prestigieuse épreuve et son jockey portait un brassard noir. Il confia ce songe à des amis et mourut la nuit suivante. *Nimblefoot* remporta effectivement la Melbourne Cup, et le jockey portait un crêpe à son bras droit.

# Épilogue

Au retour du tragique voyage aux États-Unis, Woodcock travailla à nouveau chez Telford, à Braeside, près de Melbourne. Mais les deux hommes se séparèrent rapidement car il n'y avait plus *Phar Lap* pour fédérer leur passion. Woodcock devint à son tour entraîneur, le plus jeune du pays. Pendant la guerre, il s'occupa d'un élevage de porcs. À la fin des hostilités, il retrouva son premier métier. Avec son épouse Emma, Tommy hébergea et forma un grand nombre d'apprentis. C'était ses enfants, ceux qu'il n'avait pas eus. Il prépara aussi des chevaux de grande qualité, comme *Reckless*, deuxième de la Melbourne Cup en 1979. Joan Walker, copropriétaire du cheval, affirmait : « *Reckless* aime courir parce que Tommy s'occupe de lui. S'il n'y avait pas eu Tommy, nous n'aurions pas eu de chevaux. Des gens comme lui, on en trouve même pas un sur un million. »

Tommy est mort en 1985. Sa dernière joie fut de participer au film *Phar Lap*, sorti sur les écrans en 1983, dans lequel il joua le rôle d'un entraîneur. La malédiction qui entoure « *Big Red* » a été confirmée par un épisode plus récent. *Towering Inferno*, le cheval qui avait joué le rôle titre, fut foudroyé en avril 1999, dans sa pâture.

Jim Pike est décédé en 1969, à l'âge de soixante-dix-sept ans et dans le plus complet dénuement. C'était un parieur invétéré.

Donald Bradman, l'alter ego du sport australien au temps de *Phar Lap*, est décédé en 2001, à l'âge de quatre-vingt-treize ans. Il avait été pressenti pour allumer la flamme lors des jeux Olympiques à Sydney, en 2000. Pour des raisons politiques, on choisit finalement Kathy

Freeman, l'aborigène qui serait sacrée championne olympique du 400 m dix jours plus tard.

Nota bene : selon les dernières recherches, *Phar Lap* est mort de *duodentis proximal jejunitis*, maladie causée principalement par le stress et la fatigue, découverte il y a seulement vingt ans. Le champion n'avait aucune chance de survivre.

RIBOT
(1952-1972)

# TEMPS NOUVEAUX

La Seconde Guerre mondiale avait mis l'Italie, vaincue et humiliée, à genoux. Du régime fasciste qui s'était écroulé comme un château de cartes, il ne restait que cette inscription : « *Italiani, un popolo di poeti, di artisti, di pensatori, di scienziati, di santi, di navigatori, di trasmigratori* », sur la façade du Palais de la Civilisation du travail, dans le quartier de l'EUR (Exposition universelle de Rome). L'auteur de cette formule aurait pu ajouter : et de sportifs.

Le pur-sang *Nearco* avait triomphé dans le Grand Prix de Paris, le 28 juin 1938 à Longchamp. Neuf jours plus tôt, la Squadra Azzurra avait dominé la finale de la Coupe du monde de football au stade de Colombes, en battant la Hongrie 4 à 2. Quand il remit le trophée du vainqueur du Tour de France à Gino Bartali, le 31 juillet 1938, dans l'enceinte du Parc des Princes, le président de la République française, Vincent Auriol, ne put masquer son agacement en s'exclamant : « Mais ils gagnent tout ces Italiens ! »

Pour le pays en reconstruction, le sport était un moyen de retrouver sa dignité. À ce propos, l'année 1952, celle de la naissance de *Ribot*, fut mémorable. Le skieur Zeno

Colo remporta la première médaille d'or de ski alpin aux jeux Olympiques d'hiver à Oslo. Un succès historique et emblématique pour un pays du bassin méditerranéen, dont on avait oublié qu'il est hérissé de montagnes.

*Ribot* avait quelques mois quand Fausto Coppi, héron improbable perché sur une bicyclette, remporta son deuxième Tour de France cycliste. Aux JO d'été à Helsinki, l'Italie se para de vingt et une médailles. La victoire de Pino Dordoni, au 50 km marche, marqua les esprits. Une grande année, vraiment, puisque le pilote automobile Alberto Ascari décrocha le titre de champion du monde de Formule Un en fin de saison.

# UN GÉNIE (NÉO)RÉALISTE

Mon nom est *Ribot.* On prononce toutes les consonnes dans la langue de Dante, mais les Italiens continuent de m'appeler « *Ribo* », selon la prononciation française. J'ai en effet hérité du patronyme d'Augustin Théodule Ribot, peintre réaliste normand du XIXe siècle.

J'ai quitté ce monde depuis plus de trente ans. Pourtant ma gloire reste vivace. Le 29 février 2002, à l'occasion du cinquantième anniversaire de ma naissance, les journaux de la péninsule ont publié des articles émouvants. Le quotidien sportif *La Gazzetta dello Sport* m'a consacré une page entière, dont un reportage de son envoyé spécial permanent aux États-Unis. Le journaliste est venu à la Derby Dan Farm, près de Lexington (Kentucky), où je repose au sommet d'un monticule, sous une pierre portant l'inscription lapidaire : « *Ribot*, italian sire, 1952-1972 ». Autour de moi, reposent aussi mes fils américains *Graustark* et *His Majesty*.

Federico Tesio, mon éleveur et propriétaire, était mort depuis quelques semaines seulement quand je fis mes débuts sur l'hippodrome milanais de San Siro. Avec le dédain qu'il m'avait manifesté, j'aurais été un sacré tartufe si j'avais versé des larmes. Mais je sais aussi que je lui dois la renommée.

Quand je devins célèbre, l'interrogation fut sur toutes les lèvres : pour quelle raison, au printemps 1951, le vieil homme avait-il marié mon père et ma mère, *Tenerani* et *Romanella*, deux chevaux qu'il ne pouvait pas voir en peinture ? Pour d'aucuns, le maître avait voulu démontrer, de façon définitive, que de l'union d'un étalon au physique ingrat et d'une poulinière folle, rien ne pouvait naître de beau ni de bon. Comme beaucoup de ses collègues, Tesio soutenait, et son expérience l'attestait, qu'un excellent compétiteur et reproducteur devait provenir de lignées impeccables.

D'autres, plus sérieux, affirmaient au contraire que le grand éleveur avait été au terme d'une longue recherche. Ses croisements judicieux avaient fini par redonner vie à ma branche maternelle, longtemps sans relief. Imaginez qu'il fallait remonter cent six ans pour trouver dans cette souche des vainqueurs classiques : *The Ugly Back*, lauréat des Deux Mille Guinées en 1844, et *The Flea*, victorieuse des Mille Guinées en 1849.

Au bout de sa quête mystique, il avait fait saillir une pouliche précoce par un étalon au souffle inépuisable : le mariage de la vitesse et de la résistance. Seule la mort priva Tesio d'apprécier le résultat de cette alliance, qui justifiait le sens de toute son existence. L'industriel du textile Marcel Boussac, célèbre éleveur-propriétaire de la première moitié du siècle dernier, se rangeait à cette idée. « *Ribot* est bien le fils biologique du grand éleveur italien. Il est aussi son chant du cygne », écrivit-il.

Tesio avait divisé les êtres vivants en bons et mauvais. Les chevaux n'échappaient pas à cette classification manichéenne. Quelle faute avait donc pu commettre *Tenerani* pour compter au nombre des réprouvés ? Le maître lui reprochait essentiellement son manque de distinction, et notamment sa croupe de haridelle qui l'horrifiait. Il avait même peint l'objet de son ressentiment, avec ce commentaire éloquent : « J'ai voulu représenter le cheval le plus laid de mon élevage ».

Son épouse, l'aristocratique Lydia Flori di Serramezzana, avait beau insister sur les origines flatteuses de mon père, Federico ne démordait pas de son jugement. À ses yeux, *Tenerani* cumulait deux handicaps rédhibitoires : il était vilain et tardif. La plupart des éleveurs, et Tesio appartenait à cette chapelle qui continue de faire école, ne jurent que par les sujets précoces. Or, malgré les signes évidents d'un développement tardif, *Tenerani*, à deux ans, courut sept fois, ce qui était pure folie.

Heureusement, il arrive que la nature, dans sa magnanimité, pondère l'aveuglement des hommes. À trois ans, mon père avait complété sa croissance et rattrapé son retard. Il se révéla même, en 1947, le meilleur élément de la prestigieuse écurie Dormello-Olgiata, remportant tous les classiques et suppléant les favoris qui avaient trompé le maître dans ses espoirs. En 1948, il offrit ses premières victoires à Tesio sur le sol anglais.

Ma mère avait remporté cinq de ses six premières courses. Mais elle avait déçu son exigeant propriétaire en restant au poteau de départ lors de la deuxième, effrayée qu'elle était par les élastiques. Dans le Grand Critérium, au lieu du sacre escompté, elle termina avant-dernière.

Quand *Romanella* me déposa, au petit matin du 27 février 1952, sur la litière de son box à l'English National Stud de Newmarket, le vétérinaire de garde, un certain Grant, ne releva aucune particularité sur mon carnet de naissance. Je n'étais qu'un numéro, le 426, sur le stud-book anglais de l'année.

Un foal, c'est comme un bébé ; si fragile et mignon qu'on a envie de le prendre dans ses bras. Mais quand il fit ma connaissance à Dormello, où je venais d'arriver, Tesio pesta de dépit. Mauvais sang ne saurait mentir. Je n'illustrerais pas l'inscription « *nomini meo adscribitur victoria* » (rien d'autre que la victoire) ornant le fronton de l'entrée principale de la propriété, qui rappelait l'exigence de l'entraîneur envers lui-même, ses collaborateurs et évidemment les chevaux.

Finalement, il ne regrettait pas ce nom de peintre inconnu qu'il m'avait donné. Selon un usage assez répandu, Tesio baptisait chaque produit de son élevage d'un nom dont l'initiale était la même que celle du patronyme de la mère. Pour apposer sa différence, il choisissait un nom d'artiste, de peintre généralement. Les illustres Raphaël, Rubens, Rembrandt – pour rester sur la lettre R – avaient déjà légué leur célébrité à des pur-sang. Dans une encyclopédie, Tesio avait découvert Augustin Théodule Ribot, né en 1821 à Saint-Nicolas d'Athèzes, mort soixante-dix ans plus tard à Colombes, aux portes de Paris.

L'amertume liée à cette première rencontre ne me fait pas renoncer à retracer la vie de Tesio, qui se confond avec celle de mes aïeux.

Dès l'âge de six ans, à la mort de son père, il fut envoyé au Collège royal de Moncalieri, près de Turin. Loin de sa mère, il se forgea un caractère de solitaire porté à l'étude.

Je ferai ici une parenthèse, qui n'a pas la prétention d'une étude psychologique, mais qui se base sur une observation attentive des comportements humains. Federico Tesio était très féru d'esthétique, mais n'était pas lui-même ce qu'on appelle communément un bel homme. Affligé d'un appendice nasal développé et d'une grande bouche, il était complexé par sa petite taille, qui le rabaissait au niveau des jockeys auxquels il donnait ses ordres. À l'instar de ses compatriotes d'un certain rang, il compensait les imperfections de la nature par une grande culture et une élégance de tous les instants.

Ses obligations militaires accomplies, en tant qu'officier de complément dans un régiment de cavalerie, il s'était accordé une pause, non pas à Turin, la sévère, mais à Rome, la capiteuse et l'intrigante. Très vite, cependant, cette soif de connaissances, qui l'avait soutenu durant les années de pensionnat, reprit le dessus. Il était temps de confronter ses études livresques aux réalités du vaste monde. Le voyage initiatique, cadeau de fin d'adolescence et sésame pour l'âge adulte, offrait cette chance aux rejetons de bonnes familles.

Tesio dépensa le patrimoine de ses parents à parcourir durant six ans l'Amérique, du sud au nord, et l'Asie (Inde, Chine, Japon). En Patagonie, bravant les rudes conditions climatiques, il se rendit chez un de ses professeurs, le Père Francesco Denza, astronome réputé.

Plus tard, il raconta qu'il avait été jockey à Pékin. Dans le récit de ses pérégrinations, l'imagination outrepassait la réalité. Mais le périple avait été bénéfique. Le jeune homme avait recueilli une quantité considérable d'informations en zoologie, biologie, botanique, astronomie, domaines qu'il exploiterait pour le métier qu'il avait finalement choisi : éleveur et entraîneur de pur-sang.

Federico Tesio avait fait un choix réfléchi. Ayant beaucoup observé et écouté, il s'était convaincu que n'importe quel imbécile, doté d'un minimum de professionnalisme, obtiendrait des résultats bien meilleurs que tous les dilettantes fortunés qui avaient échoué à améliorer le sang des élevages familiaux. Ce qui n'avait été qu'une passion, un hobby, pour son père, serait pour lui une profession. Son mariage avec Lydia, dont les parents possédaient une importante écurie de chevaux de course, constitua le tremplin décisif de cette ambition.

Dans son domaine de prédilection, Tesio démontra un esprit novateur. Il avait vingt-sept ans quand il éprouva un coup de cœur pour une propriété dominant la rive sud-ouest du lac Majeur, à Dormello. À la recherche de terres propices à l'élevage de pur-sang, il avait acquis un éden avec l'argent légué par sa grand-mère paternelle. Il avait pressenti les avantages des terrains vierges, sablonneux et secs, insérés dans les moraines du Mont-Rose, ainsi que les bienfaits de l'air tempéré et humide sur les chevaux.

Adepte du sang nouveau, il décida tous les dix ans d'acquérir entre deux et quatre poulinières. Les Tesio voyageaient fréquemment en Angleterre et en France, nations pionnières de l'élevage du pur-sang. En 1938, il avait ainsi acquis pour 300 livres sterling seulement ma grand-mère maternelle *Barbara Burrini*, pourtant fille de *Papyrus*.

De plus, s'intéressant aux travaux du philosophe et pédagogue autrichien Rudolph Steiner, Tesio était sensible à l'idée de « l'énergie vitale ». Il croyait autant à la science qu'à l'ésotérisme, qui formaient, selon Steiner et ses disciples, une harmonie et non pas deux concepts contradictoires.

L'éleveur avait aussi étudié les phénomènes et les manifestations de métempsycose. Sa croyance dans la transmigration des âmes trouva une application concrète quand il décida de donner à ses produits des noms d'artistes. Du foal encore virtuel, dont il imaginait les caractéristiques à travers les courants de sang des ancêtres, jusqu'au crack accompli, le sorcier piémontais entendait s'occuper de toutes les étapes du processus.

Les statistiques attestent de l'importance de son élevage, qui prit le nom de Dormello-Olgiata en 1932 quand il s'associa avec le marquis Mario Incisa della Rocchetta, propriétaire de l'Olgiata, près de Rome. Il régna sur le Derby italien qu'il remporta dix-neuf fois, se plaçant deuxième ou troisième à vingt-deux reprises.

Il conquit son premier grand succès international avec le bai *Nearco*, l'un des chevaux invaincus du siècle. Si l'épreuve a désormais perdu de son prestige, le Grand Prix de Paris, sur la distance de 3 000 m, constitua longtemps la course phare de la saison française de plat. Le millésime 1938 fut un sommet avec la confrontation, dans un lot de vingt-deux partants, entre *Bois Roussel*, *Cillas* et *Nearco*, lauréats respectifs des derbies anglais, français et italien.

Déjà impressionné par les treize victoires précédentes du cheval, un courtier anglais, Martin Benson, conclut l'achat du crack sur-le-champ pour la somme record de 60 000 livres (l'équivalent de 5 millions d'euros de nos jours). *Nearco* traversa le Channel pour entamer sa carrière d'étalon en Angleterre, au Beech House Stud de Newmarket.

Fils de *Pharos*, *Nearco* incarnait le cheval rêvé. « Mon but est d'élever un pur-sang qui, sur n'importe quelle distance, est capable de porter le poids le plus élevé en courant le plus vite possible. Ce que j'apprécie le plus, c'est la capacité d'accélération. Le meilleur produit est celui qui gagne quand on le lui demande, que ce soit sur 1 000 m, 1 600 m, 2 000 m ou 3 000 m », expliquait Tesio.

*Nearco* remplit ses fonctions au-delà de toute espérance, comme d'ailleurs son compagnon d'écurie, l'imposant *Donatello II*, également vendu à un syndicat d'éleveurs britanniques.

Tesio n'hésitait pas à se séparer de ses « toiles » de maîtres, pour des raisons financières mais aussi pour être cohérent avec sa philosophie d'éleveur. « Il ne faut jamais s'ancrer aux lignes de succès » qui finissent toujours par s'épuiser, répétait-il. Et d'ajouter : « Quand vous avez des étalons prestigieux dans votre élevage, vous avez la tentation permanente de recourir systématiquement à leurs services. » Plus brutalement, il vendait aussi les produits qui n'avaient ni le cœur ni les muscles pour résister aux entraînements éreintants qu'il imposait souvent en avant-première de courses importantes.

J'avais hérité – mais quoi de plus normal – de la robe baie et du physique ingrat de *Tenerani*. Mario Incisa della Rocchetta n'était guère plus tendre que Tesio sur mon physique, lorsqu'il évoquait ma « crinière plébéienne buissonnante », ma « queue de souris » et ma « tête trop allongée ». « Il était petit et avait un air abattu », ajoutait le jockey Enrico Camici, mon partenaire.

Une appréciation romantique, et d'un effet facile car postérieure à ma célébrité, portait la signature de Franco Varola, grand connaisseur du monde hippique. « *Ribot* avait la laideur des *Havresac II*. Cette laideur est en réalité une qualité et non un défaut », avait-il noté. *Havresac II* fut un pilier de l'élevage de Dormello, le géniteur de *Cavaliere d'Arpino*, le cheval que Tesio chérit plus que tout autre. Il regretta toujours de n'avoir pu sonder les limites athlétiques de ce colosse, invaincu en cinq sorties, mais qui avait des pieds d'argile et des articulations en carton.

Dans l'album de ma famille, la beauté et l'élégance étaient partagées par *Cavaliere d'Arpino*, *Nearco* et *Donatello II*. Ce dernier, alezan brûlé, avait été battu une seule fois dans sa carrière, à l'occasion de l'édition 1937 du Grand

Prix de Paris. Sa fin de course phénoménale lui avait permis de remonter une dizaine d'adversaires, mais il avait échoué à une demi-longueur de *Clairvoyant*, qui s'était détaché au début de la longue ligne d'arrivée.

À quatre-vingt-quatre ans, Tesio s'attardait souvent, trop souvent à son gré, sur l'un des bancs installés face au lac. Il s'y assoupissait parfois, bercé autant par le flux et le ressac des souvenirs que par la splendeur apaisante du paysage.

Il se raccrochait à ses derniers espoirs, à *Botticelli* surtout, le plus prometteur de l'année 1951. Ceux de ma génération, les *Derain*, *Donata Veneziana* et *Theodorica*, étaient encore trop tendres pour qu'il pût porter un jugement.

Dans les écuries classiques, celles qui aspirent à gagner les courses importantes, il est d'usage d'inscrire les produits, dès leur naissance, pour les épreuves de sélection. C'est un acte de foi. Mieux vaut encore se tromper sur la valeur d'un foal que de raviver les regrets d'une inscription manquée. « Je dois tordre le cou à une légende, qui arrangeait ceux qui voulaient disculper Tesio. Celui-ci n'avait pas besoin qu'on lui trouvât des excuses et, s'il était vivant, il n'apprécierait pas ce faux-fuyant. La vérité est qu'il n'avait pas oublié d'inscrire *Ribot*, mais qu'il n'avait pas voulu l'inscrire », assura Mario Incisa.

La vie de Federico Tesio se terminait. La mienne commençait. Près de ma mère jusqu'à six mois, l'âge du sevrage, puis dans mon box, d'où je devinais un bout de lac, j'avais bon appétit. J'étais aussi un gros dormeur. Le sommeil est le refuge contre tous les tracas de la vie, le garant d'une santé d'athlète.

En novembre 1953, renouant avec une tradition interrompue par la guerre, l'effectif de Dormello fut transféré à Barbaricina, près de Pise, pour passer l'hiver sous un climat plus clément, loin des brouillards tenaces et des pistes gorgées d'eau de Lombardie. Ugo Penco, l'adjoint de Tesio, avait arraché des concessions au vieil homme, dont celle de pouvoir agréger *Ribot* au groupe.

Au contact de la végétation méditerranéenne et des pinèdes parfumées du Parc royal de San Rossore, je m'épanouis, révélant ma nature. Je grimpais aux parois du box, jusqu'à m'écorcher les jambes, une manière d'épancher mes énergies. J'étais toujours de la première promenade, à l'aube. Parfois, indisposé par un événement inattendu, effrayé à la vue d'un engin motorisé, je désarçonnais mon cavalier pour prendre la fuite, bride au vent. Dès lors, pour limiter les effets de ces foucades, on instaura un rituel. Pour se rendre du box à la piste d'entraînement, Giuseppe Bocchini me montait d'une main ferme, alors que Mario Marchesi, mon groom, me tenait par la longe. Penco suivait à vélo, inquiet, prêt à intervenir.

Un improbable Stendhal, passant par un des chemins embaumés empruntés chaque matin, aurait sans doute écrit quelques chapitres traitant de l'importance et de l'influence d'un paysage lumineux sur le psychisme d'un jeune pur-sang.

À deux ans, je présentais un modèle à peine inférieur à la moyenne mais déjà bien proportionné.

Pour mes débuts, Penco avait choisi le Prix Tramuschio, sur le kilomètre. Je précédais d'une longueur ma compagne *Donata Veneziana*, alors que les deux autres concurrents terminaient loin derrière. Ma deuxième victoire, face au sprinter *Zenodoto*, fut plus nette mais sans panache.

Avec ces deux victoires, je pouvais m'aligner dans le Grand Critérium, l'épreuve majeure pour les deux ans. Sur un terrain très lourd, ce fut la course la plus pénible de ma carrière. Je résistai d'une tête au retour de *Gail*, un authentique spécialiste de la boue, qualifié de nageur dans notre milieu. Cette victoire avait au moins prouvé la ténacité que j'affichais régulièrement à l'entraînement.

Je passai un nouvel hiver à Barbaricina et découvris un nouveau compagnon, *Magistris*, qui n'avait pas encore débuté en course. Ce bai était un élément modérateur pour mon caractère vivace. Ce nouveau séjour toscan finit par me transformer, de vilain petit canard à ma naissance, en un poulain au gabarit normal (1,62 m au garrot), dont les connaisseurs remarquaient le thorax impressionnant qui nécessitait une sangle abdominale plus longue que la norme d'une vingtaine de centimètres.

Mon succès de rentrée dans le Prix Pisa, puis la démonstration de supériorité que j'offris dans le Prix Emanuele Filiberto, où *Gail* fut relégué à dix longueurs, cette fois sur bon terrain, levèrent les doutes s'il en restait. Federico Regoli, entraîneur de *Gail*, avait espéré que l'allongement de la distance favoriserait son poulain, qui avait terminé très fort dans le Grand Critérium. Mais, entre deux et trois ans, j'avais pris une autre dimension.

Avec ce succès époustouflant, le nom de *Ribot* entra dans le domaine public. Le célèbre dessinateur Punch illustra par une vignette « le cyclone *Ribot* sur Pise », avec la célèbre tour qui pliait, emportée par le vent de mon galop. On exploita l'antipathie (un euphémisme) avérée de Tesio à mon égard pour inventer des histoires. On raconta ainsi qu'un garçon d'écurie m'avait caché et sauvé du boucher auquel mon propriétaire m'avait promis.

Non inscrit au Derby (remporté en 1955 par *Altrek*), je manquai également les autres principales épreuves du printemps à cause d'une blessure. En raison de mon galop atypique et rasant, qui me donnait des airs de chat bondissant, je m'étais en effet touché à l'antérieur gauche.

J'avais donc effectué une rentrée, incognito, sur les 2 200 m du Prix Brembo à Milan. Tel un épouvantail, j'avais fait fuir les dix-neuf inscrits. J'étais en piste avec le seul *Derain*, mon compagnon d'entraînement. Ce test passé avec succès, début septembre, Penco exigea un engagement plus soutenu sur les 2 400 m du Prix Besana, autre épreuve milanaise que je survolai de dix longueurs. Tesio pouvait désormais rêver à l'Arc de Triomphe. Mes victoires n'avaient pas particulièrement attiré l'attention à l'étranger. La preuve : malgré l'absence de *Phil Drake*, lauréat du Derby d'Epsom, je n'étais que le troisième favori, à 9 contre 1, dans un peloton fourni de vingt-trois partants.

Au milieu des années cinquante, Paris n'était pas une destination encore courue par les Italiens, sauf la banlieue pour les émigrants qui débarquaient Gare de Lyon. Mais le miracle économique commençait à produire ses effets en Lombardie, la région la plus riche du pays. Plusieurs dizaines de Milanais s'étaient déplacés jusqu'à la Ville Lumière, ce qui était l'occasion de concilier un séjour agréable et de m'encourager à Longchamp.

Ils avaient une idée en tête. Certains se souvenaient de ma large victoire dans le Prix Emanuele Filiberto. D'autres avaient eu connaissance de galops époustouflants à l'occasion des entraînements préparatoires à l'Arc. Au cours d'un exercice, j'avais nettement dominé mon aîné *Botticelli*, vainqueur en juin de l'Ascot Gold Cup, une référence.

Ma mécanique avait été rodée lors de tests sévères, à l'abri des regards indiscrets, une méthode que Penco avait apprise auprès de Tesio, mais qu'il appliquait avec moins de sadisme.

Connaissant mon potentiel, jamais complètement débridé en course, la communauté italienne présente à Longchamp misa comme un seul homme sur ma victoire. Un tifoso, qui avait multiplié les petits paris, bloqua une caisse à lui tout seul. Le soir tombait mais les files de parieurs bruyants s'attardaient encore aux guichets de l'hippodrome. La direction avait dû recourir à des fonds supplémentaires pour payer les paris gagnants qui rapportaient près de dix fois la mise.

J'avais relégué *Beau Prince II* de trois longueurs, distançant encore plus largement *Picounda* et *Kurun*. « Quand j'ai compris que *Ribot* était gêné par *Hidalgo II* (qui venait de désarçonner son jockey à la porte de Boulogne), j'ai décidé de me porter à la hauteur du cheval démonté et de le dépasser. *Ribot* a poursuivi sur sa lancée, sans effort. » Vingt ans après, le jockey pisan Enrico Camici se remémorait en toute sérénité la chevauchée tranquille de son pur-sang.

Auréolé de ce succès prestigieux, je m'offris une nouvelle victoire deux semaines plus tard sur les 2 400 m du Prix du Jockey Club à Milan. « Ce jour-là, il a non seulement battu ses adversaires, il les a humiliés », poursuivait Camici. *Norman*, lauréat des deux éditions précédentes, était rejeté comme un fétu de paille à quinze longueurs. Pour les autres, le juge aux arrivées employa le terme « *lontano* »... Ce jour-là, j'avais donné de la joie aux spectateurs et l'euphorie était palpable.

1956. Le « Campionissimo » Coppi, trente-sept ans, était sur le déclin. Pour les médias de la péninsule, à la recherche de nouvelles idoles, je représentais un don du ciel.

Ma popularité tenait peut-être au rapport fusionnel qu'entretenaient les Italiens avec les sports mécaniques. Les chevaux moteur rugissaient sous les capots des Alfa Romeo, Maserati et surtout Ferrari, dont l'emblème était justement le cheval cabré.

« J'allongeais les rênes et, à 60-65 km/h, je ne ressentais aucune vibration. De ma position, je voyais sa tête qui avait la torsion d'une hélice. *Ribot* volait. La course était finie et je souriais », se rappelait Camici, qui pilotait un bolide.

Je réunissais ainsi deux mondes, l'un mécanique et l'autre humain. Leurs symboles avaient pour noms Alberto Ascari, qui se tua sur l'hippodrome de Monza le 26 mai 1955, et l'acteur et cinéaste Vittorio de Sica, auteur du merveilleux film *Le Voleur de bicyclette*.

Durant la pause hivernale 1955-1956, j'avais encore fait trembler les hommes de mon entourage. Jetant à terre Bocchini, j'avais voulu m'aventurer vers les étangs, franchissant une haie de la piste réservée aux sauteurs. J'avais néanmoins baissé la tête lorsque, en rentrant dans mon box, orné comme tous les autres d'une effigie de Saint-Antoine, je n'avais pu soutenir le regard réprobateur de *Magistris*.

Imprévisible dans les moments de détente, mon comportement était professionnel en course. À quatre ans, mon énergie exubérante ne demandait qu'un exutoire, c'est pourquoi on me fit courir trois fois en moins d'un mois. Dans le Prix Garbagnate (2 000 m), je franchis le poteau avec huit longueurs d'avance sur *Grand Rapids*. Rien de plus normal si ce n'est que, pour me donner un exercice supplémentaire, et devant un public ébahi, Camici me poussa à fond après le passage du poteau d'arrivée, comme si l'arrivée avait été située 300 m plus loin. Le 17 juin, j'affrontai pour la première fois mes cadets de trois ans, dont un partenaire d'écurie, *Tisso*t, que j'abandonnai à huit longueurs. Le quotidien *La Notte* pouvait titrer : « La reine attend *Ribot* ».

Elizabeth II d'Angleterre avait donné son nom et celui de son père défunt à la plus prestigieuse course du royaume.

Je m'en allai affronter les Britanniques à Ascot, les King George VI and Queen Elizabeth Stakes. La jeune reine présidait évidemment ce meeting royal, où sa casaque grenat et violet était représentée par *High Veldt*.

Dans les jours précédant la course (le 21 juillet), les journaux me présentèrent tel un ambassadeur d'Italie très spécial. J'étais « Son Altesse *Ribot*, gentilhomme » pour le *Corriere d'informazione*, qui me comparait à Giovanni dalle Bande Nere, célèbre condottiere du début du XVIe siècle. « Qu'on fasse silence et qu'on me laisse réfléchir à la tactique à employer », avait coutume de dire le chef avant toute action.

Je méditais à ma manière. Possédant la tranquillité des forts, je n'avais besoin d'aucun stratagème comme Giovanni. Ma tactique était aussi prévisible qu'imparable. Camici me plaçait dans les premières positions dès le départ, pour contrôler les adversaires. Puis, à 1 000 ou à 500 m du but, je me détachais au train.

La souveraine félicita mon propriétaire qui avait la chance de posséder « un tel cheval », capable de laisser *High Veldt* à six longueurs. Après cette nouvelle démonstration, les Incisa avaient annoncé ma retraite, ma valeur d'étalon représentant désormais une fortune. Mais ils se ravisèrent finalement pour tenter le doublé dans l'Arc de Triomphe 1956. *Lasci o raddoppia* (quitte ou double) était justement le titre de la première grande émission à succès de la télévision italienne, présentée par Mike Bongiorno.

Les propriétaires ne prenaient d'ailleurs que des risques mesurés. J'avais dominé le champ d'Ascot bien que souffrant d'une blessure à un postérieur. Et mon dernier travail préparatoire, quelques jours avant le départ pour la capitale française, avait laissé une impression extraordinaire. Lesté de 65 kg, j'avais précédé le meilleur sprinter de l'écurie en couvrant les 1 200 m en 1 mn 10 s. 4/5e, soit à 61 km/h de moyenne.

Tel un artiste, j'attendis la dernière représentation pour dévoiler, sur la scène prestigieuse de Longchamp, ma force dévastatrice. Parmi mes adversaires, on pouvait redouter la course d'équipe des compagnons d'écurie américains *Fisherman* et *Career Boy*. Le premier se détacha progressivement pour compter une dizaine de longueurs d'avance à mi-course. Et si *Fisherman*, le leader désigné de *Career Boy*, allait au bout, s'inquiéta Camici ? Mon jockey décida de se lancer à la poursuite du fugitif. À 1 000 m du poteau, je me retrouvai en tête, une tactique généralement suicidaire à Longchamp face à des adversaires de qualité. Mais j'étais assurément plus costaud que l'année précédente. Une fois qu'il eut rattrapé *Fisherman*, Camici me laissa aller. C'était un brave type, sévère, qui souriait peu. Pour une fois, il voulait connaître l'ivresse du triomphe et je consentis à sa requête. Deux longueurs, puis trois, puis quatre, puis cinq m'éloignèrent du peloton… Au passage du poteau, Camici se retourna pour juger l'écart avec les poursuivants. Officiellement, le juge compta six longueurs d'avance sur l'Irlandais *Talgo*, deuxième. Mais les photos sont formelles : il y avait huit bonnes longueurs entre les deux premiers, le plus grand écart jamais enregistré dans l'Arc.

Un des témoins privilégiés de l'exploit, le journaliste Mario Fossati reste convaincu que la mauvaise appréciation du juge était volontaire. Les Français, qui ont toujours éprouvé un sentiment de supériorité à l'égard des Italiens, n'avaient sans doute pas apprécié cette démonstration.

Le jockey britannique Freddy Palmer, en selle sur *Norfolk*, portait un jugement plus objectif. « De ma vie, je n'ai jamais vu un cheval comme *Ribot*. Il semblait faire un canter. En selle sur *Norfolk*, qui a galopé à ses côtés pendant la plus grande partie du parcours, j'ai ressenti une impression de puissance vraiment extraordinaire », s'extasiait-il.

Le journaliste Maurice Bernardet écrivit : « Quatre-vingt-quatre mille sept cents turfistes et votre serviteur ont eu hier à 16 h 47 la chance unique de voir en action la plus formidable machine à galoper qui ait fonctionné sur un hippodrome : *Ribot* l'Italien. »

Un chroniqueur hippique du journal *Combat* explicitait : « Je n'aime pas les superlatifs mais *Ribot* est un cheval stupéfiant. S'il ne s'appelait pas *Ribot*, il passerait quasiment inaperçu. Tout est proportionné, aucune partie de son corps n'attire l'attention plus qu'une autre. Sa physionomie, tranquille et douce, n'a rien d'exceptionnel ; son aspect est modeste. Son calme imperturbable, précieuse qualité des forts, contribue à ce qu'il ne soit pas remarqué. Son arrivée semble si facile, si naturelle, qu'il n'émerveille pas. Lord Brummel, si je ne me trompe, disait que l'homme parfaitement habillé est celui dont on ne voit pas qu'il est bien habillé. Ainsi est *Ribot*. »

Une photo résume l'émotion de cette journée particulière. C'est mon retour aux balances. En père peinard, Camici sourit aux anges. Bruno Frigerio, qui me tient par la bride, et Mario Marchesi, par la longe, sont élégants dans leurs costumes. Avec un parfait synchronisme, ils semblent danser sur le gazon. Quelques mètres derrière eux, le maréchal-ferrant Antonio Parola complète le tableau de la félicité.

Ce jour-là, sur la piste de Longchamp, je suis devenu une légende, le cheval qui vole. *Volare*, comme la chanson culte de Domenico Modugno, primée quelques années plus tard au Festival de San Remo.

Je pesais 450 kg et j'avais des jambes solides, des jarrets droits et robustes, des tendons et des nerfs d'acier, des muscles secs et légers, un postérieur terrifiant, un tempérament d'acier et surtout une capacité thoracique hors du commun. Vingt litres d'air entraient dans mes poumons à chaque inspiration. Mes poumons fonctionnaient comme deux bouteilles d'oxygène de réserve. Mon vétérinaire mettait en évidence « le thorax caréné de lévrier, la longue et parfaite épaule inclinée en un jeu de rayons osseux qui me permettaient, en plein effort, de doubler de volume comme les chats. »

Les Italiens m'avaient adopté comme ils avaient chéri le « Campionissimo » Fausto Coppi, osant même la comparaison sur le plan physique : les deux as présentaient des similitudes physiologiques. Le buste du quintuple vainqueur du Giro restait immobile, même sur les dénivelés les plus forts, alors que ses jambes – bielles inépuisables – avalaient les kilomètres. Si, au départ d'une épreuve, on avait posé un verre rempli d'eau sur ma croupe, aucune goutte ne serait tombée tellement je restais composé dans mon galop.

Mes victoires se sont mêlées à la chronique quotidienne d'une Italie qui, au gré des événements, chante et pleure. Ce fut particulièrement le cas durant l'été et le début de l'automne 1956.

J'ai gagné à Ascot le 21 juillet. Le 8 août suivant, la catastrophe minière de Marcinelle (Belgique) endeuille le pays. Parmi les deux cent trente-sept victimes, cent trente-neuf sont des émigrants italiens. Le 1er octobre 1956, le film *La Strada* de Federico Fellini sort sur les écrans. Le 7, je triomphe à Paris. Le 10 novembre suivant, *Tornese* gagne le Grand Prix des nations de trot à Milan.

J'ai salué une dernière fois mes admirateurs, accompagné du fidèle *Magistris*, à Milan puis à Rome, ville où je n'avais jamais couru. Au terme des deux tours d'honneur effectués à faible allure sur l'hippodrome romain des Capanelle, j'ai clôturé par un dernier pied de nez une carrière de courses sans tache, en jetant à terre et sans préavis mon jockey.

En dépit de mon éloignement des pistes, je n'ai pas quitté pour autant l'actualité. Des éleveurs anglais, conquis par la réussite de mes prédécesseurs *Donatello II* et *Nearco*, me louèrent pour deux saisons de monte. Puis, je retournai dans mon pays. En 1960, les Américains proposèrent un contrat quinquennal pour me faire venir aux États-Unis.

Je m'envolai le 22 juin 1960 à destination de la Darby Farm, dans le Kentucky, une terre de banques, d'églises, de pâturages et de haras.

Mon départ interpella le gouvernement italien, qui annonça qu'il s'opposerait à la vente mais pas à la location d'un cheval qui « appartenait au patrimoine national ». J'étais aussi un émigrant, certes de luxe, un de ces fils perdus du bel *paese*.

Les propriétaires avaient sacrifié ma carrière d'étalon aux sirènes du Dieu argent. Pendant mes quatre saisons en Europe, j'avais engendré *Molvedo* (1958) et *Prince Royal II* (1961), deux lauréats de l'Arc de Triomphe, mais aussi *Romulus* (1959), *Ragusa* (1960), vainqueur du Derby irlandais, du St Leger de Doncaster, des Eclipse Stakes.

*Molvedo*, qui avait battu à Longchamp un poulain de la classe de *Right Royal*, fut mon meilleur fils sur un plan sportif. Et on peut imaginer la quantité de champions que j'aurais fait naître en ne quittant pas l'Europe.

Sur le Vieux Continent, c'est un fait culturel, on est plus patient avec les chevaux qu'aux États-Unis.

J'ai néanmoins transmis une partie de mes qualités à plusieurs de mes fils américains, en particulier *Tom Rolfe* (1962), vainqueur de seize courses, *Graustark* (1963), *Ribocco (*1964), lauréat du Derby irlandais et du St Leger de Doncaster, deuxième du Derby d'Epson, *Ribero*, frère entier du précédent dont il imita les victoires, et *Arts and Letters* (1966), qui remporta onze courses aux États-Unis.

## ÉPILOGUE

Comme il arrive souvent, le génie de *Ribot* attendit trois générations pour couler dans les veines de *Alleged.* Né aux États-Unis, le cheval fut orienté sur les pistes engazonnées d'Europe, moins traumatisantes pour ses genoux de verre. Avec *Tantième* et *Ribot*, *Alleged* fut le seul pur-sang capable de remporter deux fois l'Arc de Triomphe après la Seconde Guerre mondiale.

Selon le contrat de location, *Ribot* aurait dû rentrer en Europe à la fin de 1965. Mais les Américains prétextèrent que le pur-sang, devenu méchant, ne supporterait pas le voyage transatlantique. En outre, aucune compagnie n'était disposée à l'assurer. *Ribot* ne pouvait-il vraiment pas être transporté ou bien les Américains et les propriétaires consentants avaient-ils inventé ce prétexte pour continuer à faire tourner leurs affaires ?

Il y avait beaucoup de nostalgie dans un article de Luigi Gianoli, éminent journaliste hippique qui avait rendu visite à *Ribot* à la fin des années soixante. Dans son

Man o'War après une de ses nombreuses victoires à l'âge de deux ans. © *Bettman/Corbis*

Man o'War, en tête devant Sir Barton, son seul rival, lors de sa dernière course le 12 octobre 1920 à Keniworth Park Windsor (Ontario, Canada). © *Keeneland-cook*

La seul défaite de Man o'War, battu par Upset (le long de la corde) le 13 août 1919 à Saratoga. © *Keeneland-cook*

Le révérend Billy Sunday, personnage très en vogue de l'entre-deux-guerres, pose aux côtés de Man o'War. © *Keeneland-McClure*

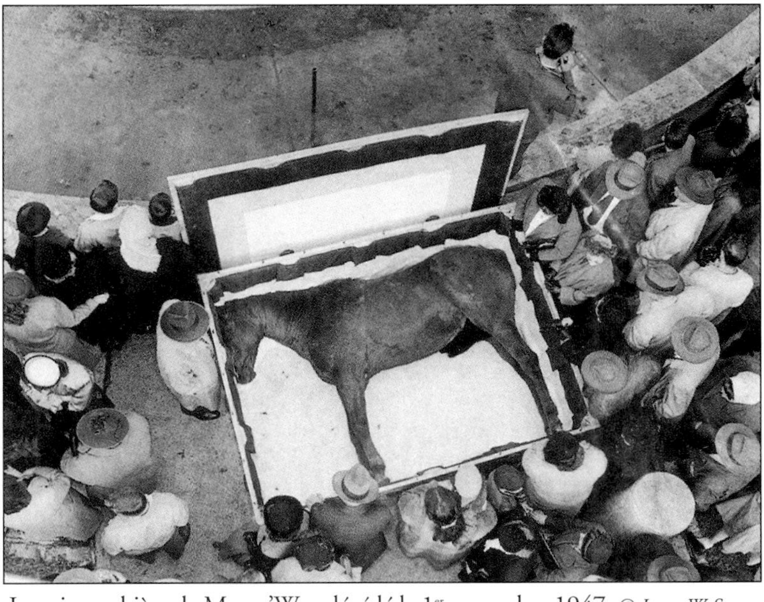

La mise en bière de Man o'War, décédé le 1er novembre 1947. © *James W. Sames*

Toute la puissance de Phar Lap s'exprime dans ce cliché, où l'on voit le jockey Jim Pike s'accrocher à l'encolure. *© Museum Victoria, Melbourne*

Phar Lap est embarqué le 15 novembre 1931 à destination de la Nouvelle-Zélande, d'où il repartira pour San Francisco. *© Museum Victoria, Melbourne*

Phar Lap avec son lad et complice Woodcock en 1932. *© Bettmann / Corbis*

L'entourage de Ribot respire la sérénité avant une course dans le prix de l'Arc de Triomphe. © *Farabola / Leenage*

Ribot après sa victoire dans l'Arc de Triomphe, aux côtés de son jockey Enrico Camici et l'entraîneur Ugo Penco. 

Ribot, « le cheval qui vole », à l'entraînement. © *D.R.*

À l'arrivée de l'Arc de Triomphe 1956, le jockey constate l'écart, le plus important de l'histoire de la course, qui sépare Ribot de ses rivaux. © *D.R.*

Le retour heureux aux balances après son succès impressionnant dans l'Arc de Triomphe 1956. © *D.R.*

Isolé pleine piste, Seabird franchit le poteau d'arrivée de l'Arc de Triomphe 1965 devant Reliance ($2^{e}$) et Diatome ($3^{e}$). © *Aprh*

Seabird au rond de présentation, avec son propriétaire Jean Ternynck (au centre). © *D.R.*

Seabird avec son propriétaire, l'entraîneur Étienne Pollet et le garçon d'écurie, après l'Arc de Triomphe victorieux le 3 octobre 1965. © *Aprh*

Brigadier Gerard et son jockey Joe Mercer. © *Mirrorpix*

Attitude classique du propriétaire John Hislop, en selle sur son crack Brigadier Gerard. *© D.R.*

Sur l'hippodrome d'Ascot, Brigadier Gerard, remporte les Queen Elizabeth II Stakes, en battant le temps record. Comme toujours lorsqu'il force, Brigadier Gerard tire la langue. *© D.R.*

Secretariat vient juste de remporter le Kentucky Derby, première épreuve de la Triple Couronne américaine, le 5 mai 1973 à Louisville. © *Bettmann / Corbis*

Secretariat lancé vers son fantastique succès dans les Belmont Stakes le 9 juin 1973.
*© Bettmann / Corbis*

À l'arrivée des Belmont Stakes, Secretariat précède ses rivaux de quelque trente longueurs. *© Adam Coglianese*

Secretariat et son jockey Ron Turcotte remportent les Gotham Stakes 1973 à trois longueurs devant Champagne Char. *© Bettmann / Corbis*

paddock immense, à l'échelle de l'Amérique, *Ribot* ressemblait désormais à un sénateur au train de vie prospère. Entre anecdotes recueillies auprès du groom noir, le colosse Floyd Williams, et une observation attentive du cheval, Gianoli s'adressa à *Ribot* en italien. « Alors, il arrêta aussitôt de lécher le bras du nègre et tourna sa tête vers moi, l'œil dilaté, les oreilles dressées, comme si un soupçon ou un souvenir avait traversé sa mémoire. »

Ribot mourut d'une colique à vingt ans.

Un sociologue a avancé la thèse selon laquelle les Italiens, à travers la généalogie de *Ribot*, retrouvaient un peu de ce sang bleu qui les avait fait rêver avec la Maison de Savoie.

En remontant à la cinquième génération, soit soixante-deux aïeux, un seul, *Sunstar*, apparaît deux fois dans son ascendance. *Ribot* était bien le fils biologique de Federico Tesio, qui n'avait jamais cessé d'apporter du sang nouveau dans son élevage. Tesio ne vit pas la conclusion d'une imposante somme de connaissances scientifiques et d'expérimentations, ce grand livre toujours ouvert sur la théorie et l'empirisme, auquel *Ribot* apportait le point final.

En 1962, John Hislop, qui connaîtrait une décennie plus tard le bonheur d'élever et de faire courir un crack, *Brigadier Gerard*, conclut un de ses articles par un hommage à l'éleveur piémontais : « Quand nos petits-enfants nous demanderont : “quel a été le plus grand éleveur, l'étalon le plus influent et le meilleur pur-sang de votre siècle ?”, notre réponse sera certainement la suivante · “Tesio, *Nearco*, *Ribot*”. »

# SEA BIRD
(1962-1973)

# ILLUSTRE INCONNU

Au jeu du micro-trottoir, à Paris, Marseille ou Strasbourg, *Sea Bird* est un inconnu. Malgré son nom anglais, signifiant « oiseau de mer », il est français. Les spécialistes d'outre-Manche, qui sont rarement indulgents envers notre pays, l'ont élu cheval du XXe siècle. Un comble !

*Roquépine*, *Une de Mai*, *Bellino II*, *Idéal du Gazeau* et surtout *Ourasi*, une belle brochette de trotteurs, recueillent plus de succès et de suffrages auprès des sondés, dont la plupart ne font pas la différence entre trotteurs et galopeurs, entre chevaux de plat et d'obstacles.

Dans notre beau et grand pays d'élevage, les champions hippiques en tous genres n'ont pas manqué. Pour des raisons affectives et sociologiques, les trotteurs bénéficient d'une plus grande considération auprès des amateurs. Ils courent à échéances rapprochées jusqu'à l'âge de dix ans, quand sonne l'heure de la retraite obligatoire. Certains peuvent totaliser plus de cent trente courses. Les galopeurs d'élite apparaissent épisodiquement, tout au plus une dizaine de fois sur les hippodromes, à deux et à trois ans. Quand ils ont fait leurs preuves, les pur-sang ont fini de jouer. Une carrière d'étalon ou de poulinière commence alors, qui enrichit les heureux propriétaires des plus sollicités.

La comparaison des carrières respectives de *Sea Bird* et *Ourasi* est révélatrice. Le premier a traversé la gloire en météore. Quatre mois séparent sa balade anglaise, le 2 juin 1965, dans le Derby d'Epsom, et son triomphe dans l'Arc, le 4 octobre. *Ourasi*, un normand aux épaules carrées, a remporté quatre éditions du Prix d'Amérique en cinq ans. Le public a ainsi eu le temps d'apprécier le trotteur et de suivre sa carrière.

Un éleveur-propriétaire, aux moyens financiers limités, peut rêver de remporter un jour le Prix d'Amérique, la course de référence au trot. Chez les éleveurs de pur-sang, il sera pris pour un fou. Les prix pratiqués dressent une barrière infranchissable. On entre dans le monde des Rothschild, Wildenstein et Lagardère, celui de l'Aga Khan et, plus récemment, des dynasties princières du Golfe.

Le pur-sang souffre du principe de sélection et d'amélioration de la race, contraire à notre esprit républicain. Si la vitesse, l'élégance, le prestige et le mystère sont les privilèges du pur-sang, c'est oublier qu'il est issu du croisement entre l'un des trois étalons (*Byerley Turk*, *Darley Arabian Godolphin Barb*) importés en Angleterre au XVIII^e^ siècle, et de poulinières indigènes, elles-mêmes nées d'unions entre des anglaises robustes et des orientaux.

On peut regretter une certaine dévalorisation du cheval de course, dont les causes sont mercantiles et parfois paradoxales. S'il a popularisé les courses en les faisant entrer à la télévision, le tiercé, inventé en 1954, a donné le beau rôle aux numéros, accessoirement aux jockeys et aux entraîneurs. Il a surtout eu un effet pervers en faussant les valeurs. Une course mineure, du moment qu'elle servait de support à la nouvelle passion des Français, faisait passer au second plan des courses d'un tout autre niveau mais avec un nombre limité de partants. Bénéficiant généralement d'une participation fournie en raison de leur formule handicap, les courses du tiercé étaient garantes de gains élevés, au contraire des épreuves classiques.

Le PMU, tout à son objectif de remplir les caisses de l'État, a privilégié exclusivement le parieur. Les différentes campagnes publicitaires, menées depuis 1985 à la télévision, l'ont attesté. Il y a presque vingt ans, la véliplanchiste Jenna de Rosnay était censée séduire une nouvelle génération de turfistes, sportive et féminine. Six ans plus tard, les comédiens duettistes Guy Marchand et André Pousse incarnaient une image plus traditionnelle du parieur. En 1995, on leur adjoint la chanteuse Lio, une casquette sur la tête, pour marquer la volonté du PMU de féminiser sa clientèle. Devant l'énième échec, la nouvelle direction se concentra enfin, en 1997, sur son sujet, le cheval, pour susciter l'émotion.

On en avait oublié que les chevaux de course sont dissemblables selon la spécialité (plat, obstacles, trot), le sexe, l'âge, la robe, les origines, les aptitudes, ces éléments qui leur confèrent une vie.

Prompts à regretter que le turf ne soit pas reconnu comme un véritable sport, les dirigeants auraient dû prendre exemple sur quelques pays, notamment la Grande-Bretagne, les États-Unis, l'Australie et l'Italie, où l'on sait honorer les cracks et ainsi assurer un devoir de connaissance et de mémoire. Récemment, le baron Édouard de Rothschild, président de France Galop, a nommé le médiatique Michel Denisot à la tête d'une commission chargée de la promotion. Le présentateur vedette de Canal Plus et du Festival de Cannes, également président d'un club de football, aura-t-il le temps et la volonté d'y consacrer plus que de belles paroles ? Le strass et les paillettes peuvent-ils tenir lieu de programme ?

La presse est également responsable de cette méconnaissance. Autrefois, *L'Équipe* consacrait quelques lignes aux principales épreuves hippiques. Désormais, les sports équestres olympiques (saut d'obstacles, concours complet et dressage) ont seuls droit de rubrique dans le quotidien sportif de référence. *L'Équipe* privilégie d'autres chevaux : les chevaux moteur. Trois années consécutives, elle a désigné champion des champions le pilote automobile allemand Michael Schumacher, issu de la base la plus étriquée qui soit, celle de la Formule Un.

*La Gazzetta dello Sport*, le quotidien sportif italien le plus lu, est vendue aux intérêts de la Scuderia Ferrari mais n'hésite pas néanmoins à offrir sa une à un cheval. Ce fut le cas en janvier 2001 et 2002 pour le trotteur *Varenne* et, il y a près d'un demi-siècle, pour le galopeur *Ribot*.

*Varenne* a été élu athlète de l'année 2001 en Italie, un titre qu'il a partagé avec le champion du monde motocycliste Valentino Rossi et la fleurettiste Valentina Vezzali. *Ribot* a été classé au quatrième rang de la liste exhaustive des sportifs italiens du XXe siècle ! En 1999, les Anglais avaient pour la première fois choisi un étranger comme l'athlète de l'année : le jockey italien Lanfranco Dettori.

Les quotidiens généralistes français *Le Monde* et *Le Figaro* ont aussi délaissé la rubrique du turf pour consacrer encore plus d'espace aux sports mécaniques, au golf et à la voile. Passe encore pour la page des pronostics. Les revues spécialisées s'en chargent. Mais, en délaissant le monde des chevaux de course, qui est aussi celui de l'élevage, c'est toute la mémoire d'une filière qui se perd.

# UNE SAISON EN FRANCE

L'image sublime de *Pharis* fendant le peloton pour remporter le Grand Prix de Paris, le dimanche 25 juin 1939, avait scellé une époque. C'était le point d'orgue d'une carrière fulgurante. Le bai aux reflets noirs avait déjà manifesté une supériorité semblable en gagnant les semaines précédentes les Prix Noailles et du Jockey Club. Trois courses, trois victoires. Suffisamment pour entrer dans la légende. Marcel Boussac, propriétaire et éleveur de la merveille, ne refusait jamais les confrontations internationales. Il avait déjà dominé les Allemands avec sa pouliche *Corrida*, victorieuse du Grand Prix de la Capitale du Reich à Berlin en 1937, sous les yeux du ministre de la Propagande Joseph Goebbels. Cette fois, *Pharis* lui semblait apte à défier *Blue Peter*, incontestable numéro un outre-Manche après ses succès dans les Deux Mille Guinées et le Derby d'Epsom.

L'affrontement était prévu début septembre à Doncaster, pour le St Léger. *Pharis* se trouvait déjà en terre anglaise quand la déclaration de guerre, le 3 septembre 1939, annula ipso facto le match du siècle. Les hippodromes parisiens fermèrent leurs portes, avant d'être rouverts durant la « drôle de guerre ». Une nouvelle interruption fut imposée par l'offensive allemande de mai 1940 et l'arrivée des troupes d'occupation dans la capitale.

Jean Ternynck, industriel du textile à Roubaix, avait assisté à l'envol de *Pharis* le jour du Grand Prix de Paris. Il aimait le monde des courses. Son grand-oncle Henry Ternynck avait élevé deux cracks, dont *Massine*, lauréat de l'édition 1924 du Prix de l'Arc de Triomphe. Sous la casaque d'Ernest Masurel, autre Nordiste et ami de Jean Ternynck, *Mieuxcé*, fils de *Massine*, avait réalisé en 1936 le doublé Jockey Club-Grand Prix de Paris. Ce coup de deux représentait jusqu'au début des années quatre-vingt le rêve de tout propriétaire.

Jean Ternynck avait également assisté en 1941 à la victoire de *Maurepas* dans le Prix du Cadran, épreuve de longue haleine (4 000 m), et dans le Grand Prix de Saint-Cloud, disputé sur l'hippodrome voisin de Longchamp. Il avait été séduit autant par le modèle que par le caractère du vainqueur. Il se fit la promesse d'acquérir un jour un de ses produits.

L'occasion se présenta à la fin de la guerre, quand son entraîneur Alexandre Lieux lui proposa une petite jument, pas très jolie, mais pleine de *Maurepas*. Elle s'appelait *Couleur*, lauréate d'une seule course de haies, en 1943 à Nice. C'était une chance. Les produits de *Maurepas* se faisaient rares, car l'étalon était quasiment stérile. Leur rareté n'était pas de nature à faire monter les prix, mais plutôt à les faire baisser. Envoyer une poulinière à *Maurepas*, c'était prendre le risque qu'elle restât vide.

*Couleur* était une petite main, au pedigree pourtant intéressant puisque née de l'excellent *Biribi*. Jean Ternynck l'installa dans sa propriété de Notre-Dame-de-l'Isle, en bordure de Seine près de Vernon (Eure), où il avait débuté une activité d'éleveur en rachetant quelques terrains et une ferme.

Comme *Maurepas* semblait apprécier *Couleur*, on renouvela le mariage en 1946 et 1947. De ces unions naquirent successivement *Camargue II*, lauréate de l'important Prix de Malleret, *Camarée*, victorieuse en un temps record des Mille Guinées à Newmarket, et *Marmelade*. Contrairement à ses deux sœurs, *Marmelade* ne s'illustra pas sur les pistes. Néanmoins, la souche de *Couleur* paraissant excellente, on envoya *Marmelade* à la saillie de *Sicambre*, qui avait dominé la saison 1951 en réalisant le doublé Jockey Club et Grand Prix de Paris.

*Sicambre* présentait aussi la particularité de descendre de *Rabelais*, le seul ancêtre qu'on retrouve deux fois, à la quatrième génération, dans le pedigree de *Sicalade*, née en 1956. Rabelais avait déjà produit en Italie le laid *Havresac II*, dont on connaît l'importance fondamentale dans l'élevage de Tesio.

*Sicalade* ne courut que deux fois, sans aucun succès, prolongeant ainsi la tradition des mères qui ne gagnaient pas. En 1962, on la présenta à l'étalon *Dan Cupid*, fils du crack américain *Native Dancer*, stationné dans la Sarthe, au haras du Mesnil. Le comte Bertrand de Tarragon se souvient de cet épisode décisif : « Souffrant de lymphangite, *Sicalade* avait une jambe énorme. Étrenne Pollet, entraîneur et cousin de Jean Ternynck, était venu avec la jument. C'était un homme très raffiné, un esthète. Il avait quelque scrupule à présenter la poulinière dans cet état. Ma belle-mère, Mme Jean Couturié, une grande dame des courses, insista. Si on avait écouté M. Pollet, *Sea Bird* ne serait pas né. »

On peut même avancer que *Sea Bird* n'aurait pas atteint un prix relevé dans une vente aux enchères, surtout avec un pied tourné vers l'extérieur. Selon le journaliste anglais Julian Wilson, il était « *a freak of breeding* », une fantaisie de l'élevage. Ses deux balzanes postérieures n'étaient pas de bon augure. Le dicton prétend en effet : « Balzane de un, cheval de rien ; balzanes de deux, cheval de gueux ; balzane de trois, cheval des rois ; balzane de quatre, cheval à abattre ». Heureusement, M. Ternynck gardait la plupart des chevaux qu'il élevait. Il en avait d'ailleurs très peu, privilégiant la qualité à la quantité. Cette politique avait porté ses fruits avec *Sanctus*, gagnant en 1963 du Derby français et du Grand Prix de Paris.

Son activité d'éleveur, au départ un hobby, relevait de l'artisanat. Par-delà leurs relations de parenté, Pollet et Ternynck se ressemblaient. Issus de la bourgeoisie industrielle du Nord, ils étaient rigoureux, grands et élégants, d'une distinction quasiment britannique. Leur passion commune se révéla durant les années 1939-1945. Dans le Sud-Ouest, où la débâcle de 1940 l'avait conduit, Étrenne Pollet s'était découvert une vocation d'entraîneur.

*Sea Bird* n'avait pas encore débuté en course que Jean Ternynck avait dû sacrifier *Sicalade*, dont les jambes étaient devenues des poteaux. Courte vie pour la poulinière, qui donna naissance à seulement trois foals. *Sea Bird* était le deuxième. Le troisième, *Syncom*, fut un excellent cheval de haies à Auteuil.

Pollet était dubitatif. Si le poulain possédait des moyens indéniables, il refusait les règles élémentaires de la course. Il n'aimait pas les pelotons et détestait les tournants.

C'est pourquoi *Sea Bird* débuta tardivement, le 2 septembre 1965, dans le Prix de Blaison (1 400 m) à Chantilly. Dans les derniers mètres, il dépassa d'une tête le duo *Stefano-Our Valentine*, classé ex-æquo à la deuxième place. Le 18 septembre, il reproduisit la même fin de course pour s'imposer, de justesse encore, sur la ligne droite à Maisons-Laffitte. Pollet l'engagea logiquement dans l'épreuve majeure des deux ans, le Grand Critérium, à Longchamp, avec un autre de ses pensionnaires, *Grey Dawn*, invaincu en trois courses. L'Australien Pat Glennon, jockey-maison, choisit *Grey Dawn.* Maurice Larraun revêtit donc la casaque verte et coiffa la toque noire de Ternynck. De retour aux balances, Larraun était dépité. *Sea Bird* ne s'était employé que dans la ligne droite. L'alezan avait comblé une quinzaine de longueurs de retard sur *Grey Dawn*, finissant à deux longueurs de ce dernier. L'histoire semblait se répéter. En 1959, *Herbager*, père de *Grey Dawn*, avait précédé *Dan Cupid* d'une courte encolure dans le Jockey Club.

*Sea Bird* avait refusé de se livrer, probablement désorienté par la descente. Et il s'était entêté à prendre le virage dans les grandes largeurs. Mais restait l'impression visuelle, formidable, ressentie par tous les témoins quand le poulain avait déployé, pour finir, des foulées d'une ampleur rarement vue. Ce jour-là, Pollet eut la certitude que *Sea Bird* serait imbattable à trois ans.

Larraun comprit qu'il ne retrouverait plus jamais la chance de piloter un crack de cette envergure. Si le résultat du Grand Critérium eût été inversé, Glennon se serait trouvé dans une position bien inconfortable. Mais la chance n'avait jamais abandonné cet Australien prédestiné, né à Ascot Vale, près de Melbourne, qui avait remporté sa première course à seulement treize ans, en 1941 sur l'hippodrome de Bacchus Marsh. Grand pour un jockey, Glennon éprouvait des difficultés pour maintenir son poids. Malgré ce handicap récurrent, il remporta deux fois la Melbourne Cup : la première fois, en 1950, quand il se retrouva en selle sur *Comic Court*, que son jockey attitré, Jack Purtell, avait imprudemment délaissé ; la seconde, neuf ans plus tard, quand il conduisit *Macdougal* à la victoire. Il fut également le partenaire du sprinter *Matrice*, avec lequel il remporta vingt-six victoires. Au début des années soixante, alors qu'il comptait quelque sept cents victoires dans son pays, il accepta l'offre de l'entraîneur Vincent O'Brien qui lui proposait de se transférer en Irlande, le pays d'origine de ses aïeux. « C'était le prototype du nouveau jockey, en vogue en Australie, grand et fin comme un danseur », indique Maurice Philipperon, actuel président de l'association des jockeys français de plat.

Quinze ans après la victoire de *Comic Court*, la chance lui sourit aussi en Europe. Les relations entre Roger Poincelet, le jockey vedette, et Étrenne Pollet s'étaient détériorées. Mme Couturié facilita les contacts entre l'entraîneur et l'Australien.

Durant la pause hivernale, *Sea Bird* s'était assagi. Lors de sa rentrée, le 4 avril à Longchamp, il domina sans effort ses adversaires sur les 2 100 m du Prix Greffulhe. Le dimanche 16 mai, il survola le Prix Lupin en devançant *Diatome* de six longueurs. Jean Ternynck et Étrenne Pollet n'hésitèrent pas. Ce serait le Derby d'Epsom.

Ah ! Le charme irrésistible du Derby, le premier, l'authentique, dont l'édition inaugurale remontait à 1780. Plus vieux que la Révolution française. Une course qui a participé à l'histoire du Royaume-Uni. Histoire parfois tragique comme le 7 juin 1913, jour de Derby, quand la suffragette Emily Davidson se jeta sous le cheval royal, et mourut de ses blessures. Outre le prestige suranné qui s'attachait à cette course d'un autre temps, les deux cousins avaient plusieurs raisons de préférer Epsom, le premier mercredi de juin, à Chantilly, où se courait le dimanche suivant le Derby français. Ils avaient déjà gagné de concert le Jockey Club avec *Sanctus*. Pollet avait également remporté l'édition 1961 du Derby français, avec *Right Royal*, le champion de Mme Couturié. L'entraîneur avait un compte à régler : effacer l'échec cuisant de *Dan Cupid* à Epsom, en 1959.

Des raisons patriotiques n'étaient pas étrangères à cette décision. Ternynck et Pollet n'ignoraient pas que l'édition 1965 du Derby marquait le centième anniversaire du succès historique de *Gladiateur*, dont une statue perpétue le souvenir à l'entrée de Longchamp. *Gladiateur* avait été le premier vainqueur du Derby né et élevé hors de Grande-Bretagne. Coïncidence : avant de rejoindre un centre d'entraînement en Angleterre, le poulain du comte Frédéric de Lagrange avait grandi à Dangu, à une dizaine de kilomètres de Notre-Dame-de-l'Isle.

Pour la cent quatre-vingt-sixième édition du Derby, les Anglais battirent tous les records d'enjeux : 12 millions de livres (26 millions d'euros). Favori à 7 contre 4, *Sea Bird*, que les Anglais nommaient *Sea Bird II* pour le différencier d'un *Sea Bird* déjà répertorié dans leur stud-book, paya deux fois et demie la mise. Le propriétaire, pour sa part, ne jouait jamais.

Epsom présente la particularité d'un terrain qui monte en pente douce pendant un kilomètre, corde à droite, avant de proposer, au sommet, un plat que coupe à angle droit Tattenham Corner. Lester Piggot avait dégagé *Meadow Court* à l'endroit stratégique, afin de le glisser le long de la corde à gauche. Après ce virage, les chevaux abordent une piste en faible déclivité. Glennon veillait. À 400 m du poteau, il sollicita le fils de *Sicalade*, qui prit un avantage quasi instantané de quatre longueurs. Même ralenti à 50 m du poteau, quand la piste remonte faiblement, *Sea Bird* précéda de deux longueurs *Meadow Court*, futur lauréat du Derby d'Irlande et des King George VI and Queen Elizabeth Stakes. D'autres se sont imposés à Epsom avec une marge plus conséquente, comme *Shergar* en 1981. Mais plus que l'écart, c'est la manière qui impressionna. « Il fallait le voir pour le croire », nota le chroniqueur Julian Wilson, qui a assisté à une cinquantaine d'éditions de la course. Pollet précisa que le souci de Glennon, dans les derniers 200 m, avait été de ralentir son cheval. Stupéfiant ! Commentant en direct pour la télévision française, l'emphatique Léon Zitrone se hissa à la hauteur de l'événement.

La victoire de *Sea Bird* ne produisit pas de liesse populaire telle que celle provoquée par le succès de *Gladiateur*, le 31 mai 1865, en terre anglaise. Le triomphe, qui avait valu à son auteur le titre de « vengeur de Waterloo », avait fait souffler un vent de printemps sur la capitale française. Les journaux de l'époque avaient décrit des manifestations de joie collective sur les boulevards, tandis que les quotidiens londoniens insistaient sur la stupeur provoquée en Angleterre.

*Gladiateur* avait fait un retour de roi à Paris à l'occasion du Grand Prix de Paris. Une foule de cent cinquante mille personnes lui avait réservé un accueil délirant, sous les yeux de l'Empereur Napoléon III et de sa famille. *Gladiateur* avait répondu à cette ferveur en gagnant très facilement.

Un siècle plus tard, deux guerres mondiales avaient fait évoluer les relations franco-britanniques. Mais la pomme de discorde était toujours présente. Elle concernait dorénavant le Marché commun. Le général de Gaulle en refusait l'entrée aux Britanniques, du moins aux conditions que ces derniers souhaitaient. Le Chef de l'État, natif de

Lille, incarnait une certaine idée de la France. Ternynck et Pollet, qui lui ressemblaient par la haute taille et l'intransigeance, avaient été des ambassadeurs très gaulliens à Epsom.

Malgré la forte symbolique, la performance de *Sea Bird* resta cantonnée à la rubrique hippique. Dans d'autres pays, elle aurait donné lieu à un abondant traitement sportif et généraliste. Début juin 1965, on ne parlait que de l'exploit de Jacques Anquetil, vainqueur du Critérium du Dauphiné Libéré et de Paris-Bordeaux quasiment sans descendre de vélo.

Epsom conquis, la suite du programme était de facture classique pour *Sea Bird*, qui remporta le Grand Prix de Saint-Cloud en juillet, avant d'aborder sa préparation à l'Arc de Triomphe.

Dans son domaine de la forêt cantilienne, l'entraîneur redoublait de vigilance. Certains soirs, il changeait *Sea Bird* de box pour déjouer une éventuelle tentative de dopage ou d'enlèvement. Il avait même installé un système de fils dans la cour de l'établissement pour détecter toute intrusion nocturne. « J'ai confiance, bien sûr, mais pessimiste de nature, je ne suis pas complètement enthousiaste », déclara-t-il à un journaliste de *France-Soir* quelques jours avant la grande course de l'automne. À l'entendre, *Sea Bird* paressait.

Cette année-là, l'Arc proposait la plus belle distribution du siècle. Un défilé de vingt champions comme il n'y en aurait jamais plus. La lutte s'annonçait somptueuse entre *Sea Bird* et *Reliance*, un poulain invaincu qui avait dominé la scène française. Dans le Jockey Club, il avait donné un grand bonheur à sa propriétaire, Mme Françoise Durpé, à l'entraîneur François Mathet et à son jeune jockey, Yves Saint-Martin. C'était leur première victoire dans le classique de Chantilly. *Reliance* était également le lauréat du Grand Prix de Paris et du Prix Royal Oak, deux épreuves qui exigent du souffle.

La participation étrangère, emmenée par l'Irlandais *Meadow Court*, comprenait également Tom Rolfe, un fils de *Ribot*, et le Russe *Anilin*. Mais aussi *Diatome* et *Carvin* qui, en une année normale, auraient été des champions.

*Sea Bird* avait réinventé le mouvement pourtant complexe du pur-sang, qui a tendance à se décomposer sous l'effort. Son galop calibré et élégant constituait un spectacle dans le spectacle. Il semblait qu'« un metteur en scène invisible harmonisait mouvement après mouvement ce ballet », souligna Alfredo Ferruzza, auteur du livre *Les Grands Champions du galop*.

Avec sa monte avant-gardiste, haut sur les jambes et près de l'encolure, Glennon ne faisait qu'accompagner le crack. Son buste restait immobile, seuls ses bras allaient et venaient. Quand il ouvrit ses mains, *Sea Bird* démarra au pavillon.

*Reliance* se trouvait derrière lui. En un éclair, une distance s'ouvrit entre eux. Pour finir, sous la caresse de son jockey, *Sea Bird* pencha vers l'extérieur. Il avait quitté la corde, pour s'isoler. Ces secondes parurent irréelles. Avec son ample foulée, le fils de *Dan Cupid* semblait avancer au ralenti. On aurait dit un goéland.

Jamais une arrivée de l'Arc ne respecta autant la hiérarchie établie tout au long d'une saison. *Reliance* arriva cinq longueurs plus tard. Une même distance le séparait de *Diatome*, qui se classa troisième. Le même *Diatome* remporta le Washington DC aux États-Unis quelques jours plus tard. Cette journée mémorable pour le sport hippique fit oublier aux parieurs la modicité de leurs gains.

À quarante ans de distance, les jockeys se souviennent. « Il a démarré à l'entrée de la ligne droite et m'a pris cinq longueurs. Il était au-dessus du lot, probablement le cheval du siècle », souligne Saint-Martin. Freddy Head faisait ses débuts dans l'Arc. Il montait *Sigibert*, un bon cheval appartenant à Mme Jean Stern : « Je me trouvais pendant le parcours non loin de *Sea Bird* et des autres favoris. À l'entrée de la ligne droite, il m'a dépassé comme un avion. *Sea Bird* était un cheval extraordinaire, exceptionnel. »

La revue *Timeform*, juge impartial qui classe les chevaux de l'année, inventa pour lui le poids de 145 livres, le plus haut jamais attribué à un poulain.

On doit regretter qu'un tel champion n'eût pas la possibilité de courir plus souvent à trois ans (seulement cinq sorties) ni de prolonger d'au moins une saison sa carrière de coursier.

Étrenne Pollet craignait la blessure susceptible d'enrayer la superbe mécanique. L'aspect financier fut évidemment primordial. Un siècle auparavant, le comte Lagrange avait refusé de vendre *Gladiateur* outre-Atlantique. *Sea Bird* ne fut pas vendu, mais loué à prix d'or au milliardaire John W. Galbreath. À la Darby Dan Farm, *Sea Bird* retrouva *Ribot*. Les chemins des deux meilleurs galopeurs européens de l'après-guerre se croisaient ainsi au haras.

À l'issue d'une location longue de sept saisons, *Sea Bird* revint en France en 1972. Il mourut peu de temps après, le 15 mars 1973. Comme pour *Ribot*, il aurait probablement mieux réussi en Europe. Néanmoins, il produisit *Little Current*, cheval de l'année aux États-Unis en 1974, victorieux des Preakness Stakes et des Belmont Stakes.

# Épilogue

Quelques semaines après la mort de l'étalon, sa fille *Allez France* s'engagea sur ses traces et remporta au printemps la Poule d'essai des pouliches et le Prix de Diane. Quasiment invincible quand elle courait à Longchamp, la championne voyageait moins bien que sa grande rivale *Dahlia*, qu'elle devança toujours lors des six confrontations disputées en France. Alors que *Dahlia*, la belle voyageuse, se couvrit de lauriers à l'étranger, *Allez France* préférait la quiétude de son box qu'elle partageait avec une chevrette. Pour ses deux sorties en Angleterre, à trois et cinq ans, elle termina deuxième des Champion Stakes à Newmarket.

*Allez France* avait été achetée 175 000 dollars par Daniel Wildenstein, au Kentucky, quelques mois après sa naissance. Elle fut pendant trois ans le chouchou du public parisien. On pardonnait tout à cette princesse qui flattait l'orgueil national. Une clameur montait de la pelouse et des tribunes chaque fois que le speaker annonçait son démarrage.

Yves Saint-Martin, partenaire de toutes ses courses (vingt et une dont treize victoires), ne connut pas d'amour plus exclusif. Battue l'année précédente par l'outsider *Rheingold*, *Allez France* se présenta, à quatre ans, en grande favorite au départ du Prix de l'Arc de Triomphe. Pour elle, le prince des jockeys, qui avait fait une chute de cheval fin septembre, n'hésita pas à braver la douleur. Le 6 octobre 1974, c'est avec des béquilles qu'il se présenta au rond de présentation, avant de se mettre en selle. *Allez France*, tôt détachée, l'emporta d'une tête sur *Comtesse de Loir*. Un grand soupir de soulagement parcourut l'assistance.

Trente ans après, Saint-Martin évoque *Allez France* avec des trémolos dans la voix. « Elle était plus connue, plus populaire que son père, mais elle n'avait pas sa valeur », reconnaît-il.

« Il est difficile d'imaginer un cheval qui aurait pu battre *Sea Bird* le jour de l'Arc », estima Julian Wilson.

Pour tous ceux qui n'étaient pas à Longchamp le 6 octobre 1965, il y aura toujours le regret de ne pas avoir assisté à l'envol de *Sea Bird*.

Retiré près d'Adelaïde, Glennon restait laconique quand il devait évoquer la mémoire du meilleur cheval qu'il avait monté. L'ex-jockey consentit seulement à livrer cette anecdote. « C'était un cheval très intelligent. Quand il entendait un avion (l'aéroport du Bourget est situé à une trentaine de kilomètres de Chantilly), il s'arrêtait pour regarder passer l'appareil. »

Je n'en saurai pas plus. Glennon est décédé au début de l'année 2004.

# BRIGADIER GERARD
# (1968-1989)

# GOD SAVE THE HORSE [1]

En Angleterre et en Irlande, les courses de chevaux demeurent le sport des rois et le roi des sports, selon la formule consacrée. L'analogie est telle que *turf*, en anglais, signifie à la fois la pelouse et le monde des courses.

Le Derby d'Epsom, le Derby d'Irlande au Curragh et, en été, les épreuves du Royal Ascot font les gros titres des quotidiens. Les stations de radio et les chaînes de télévision suivent assidûment ces fêtes que la reine honore de sa présence.

Pour les pur-sang, tout a commencé ici, avec l'importation des trois étalons fondateurs de la race, *Beyerley Turk, Darley Arabian et Godolphin Barb*. On doit ajouter *Flying Childers*, lequel, s'il n'a pas laissé de branche dynastique au galop, a fondé le socle des trotteurs américains.

Depuis plus de trois siècles, la culture hippique s'est nourrie des exploits et légendes des champions, dont le plus fameux fut *Eclipse*, descendant de *Darley Arabian* (branche paternelle) et de *Godolphin Barb* (branche maternelle), qui naquit le 5 avril 1764, quelques jours après une éclipse solaire. Or, *Eclipse* resplendit tout au contraire

1. « Dieu sauve le cheval ».

comme un soleil. Quelque cent mille pur-sang naissent annuellement à travers le monde, dont 80 % sont issus de *Darley Arabian* et d'*Eclipse*.

Longtemps, les Britanniques furent les maîtres incontestés du sport hippique. Et ils n'avaient nulle raison d'imaginer que cette suprématie serait remise en cause. Dans la seconde moitié du XIXe siècle, l'irruption victorieuse de champions venus du continent dérégla ce cérémonial. *Gladiateur* fut imité par la pouliche hongroise *Kincsem*, qui s'imposa dans la Goodwood Cup en 1878.

Mais ces succès restaient rares. Les courses insulaires témoignaient du rayonnement de la première puissance mondiale qui avait inventé la plupart des loisirs et des sports. Mais c'est dans les courses de pur-sang que le royaume exprimait le mieux son génie. Les enjeux économiques dépassaient largement le cadre des hippodromes. L'élevage anglais exportait ses produits à travers le monde, notamment aux États-Unis et en Australie. Les Britanniques partageaient la conviction que la race du pur-sang leur appartenait. N'avaient-ils pas créé la bible du turf, le stud-book ? Jusqu'à la Seconde Guerre mondiale, le pays produisit des cracks en série. *Sceptre* et *Pretty Polly* – deux pouliches exceptionnelles –, *Ard Patrick*, *The Tetrarch*, *Hyperion*, *Windsor Lad*, *Bahram*, *Tudor Minstrel* illustrèrent cette suprématie.

Jamais un pur-sang ne fut autant aimé par le public que *Brown Jack*, qui courut jusqu'à l'âge de dix ans. Le hongre avait commencé sa carrière sur les obstacles, une discipline très prisée en Angleterre, avant de régner sur les courses marathons de plat. Il remporta six fois les Queen Alexandra Stakes (4 400 m).

Une décennie plus tard, le classique *Hyperion*, petit bai appartenant à Lord Derby, fut un autre favori du public.

Réputé pour son caractère enjoué, il était le chouchou des écoliers qui venaient le voir par classes entières. Lauréat du Derby 1933, celui qu'on surnommait « *The daddy of them all* » en raison de sa descendance aussi nombreuse qu'exceptionnelle, vécut jusqu'à l'âge canonique de trente ans.

Après 1945, certains piliers historiques de la noblesse (lords, ducs, comtes et autres membres de la famille royale) furent contraints de réduire leur train de vie et leurs frais d'écurie. Les incursions victorieuses des chevaux entraînés sur le continent, notamment en France, devinrent plus fréquentes. Seule l'écurie de l'Aga Khan II, basée en Angleterre depuis le début du siècle, parvenait encore à résister. Ce chef spirituel ismaélien, qui avait fait du cheval le symbole de son pouvoir sur terre, avait gagné le Derby à cinq reprises, entre 1924 et 1937, grâce à des moyens financiers énormes et à une gestion d'entreprise industrielle.

Mais l'Aga Kahn n'était pas ressenti comme anglais et son approche du turf heurta les Britanniques, habitués aux petites structures d'élevage et d'entraînement. Surtout, on ne lui pardonnait pas d'avoir vendu outre-Atlantique trois vainqueurs du Derby, *Bahram*, *Blenheim* et *Mahmoud*, qui allaient se révéler des étalons majeurs. Autant de précieux sang qui enrichit le stud-book américain et fragilisa l'ancienne primauté britannique qui reposait sur la sélection, la qualité des épreuves et les traditions.

Le divorce fut consommé en 1953 quand il transféra la totalité de son écurie à Chantilly, la France étant plus généreuse dans les allocations des courses et les primes aux éleveurs.

# LE ROMAN D'UNE VIE

John Hislop n'a laissé à personne le soin d'écrire l'histoire du cheval de sa vie, de toute une vie, *The Brigadier*. Publié en 1973, quelques mois après que le champion eut quitté les pistes, le livre était dédié à Joan, sa femme et « partenaire dans *Brigadier Gerard* ».

L'auteur s'était préparé à cette sortie. Entraîneur manqué, éditeur et écrivain à ses heures, la grande famille hippique n'avait plus de secret pour cet ancien cavalier. Quelques années avant d'élever un crack authentique, il avait écrit un livre sur Federico Tesio pour en révéler la méthode et tenter d'approcher les secrets.

John Hislop avait monté sa petite entreprise avec ces ingrédients éprouvés : le travail, la passion, la patience, en espérant que Dame Chance ne l'éviterait pas.

Son récit commence comme un conte. « Depuis mon enfance, j'ai été attiré par les courses. À l'école préparatoire, la maîtresse d'équitation, Miss Clay, appréciant l'application dont je faisais preuve, me parlait de la brillante pouliche *Pretty Polly*, devenue mon héroïne équine et mon inspiration durant toute ma vie consacrée au cheval. »

Né en 1911 à Quetta (actuel Pakistan), M. Hislop fut façonné par l'éducation militaire reçue au Wellington

College puis au Royal Military College de Sandhurst. Passionné par les chevaux, il fut tête de liste des jockeys amateurs de plat pendant treize ans. Mais c'est en obstacles, la discipline la plus périlleuse, qu'il se forgea une réputation. En selle sur *Kami*, il réalisa le fait d'armes de sa carrière en se classant troisième du Grand National de Liverpool en 1947.

Ce millésime de la course d'obstacles la plus célèbre et spectaculaire au monde a marqué la mémoire d'une génération et de bien d'autres après. En raison d'un hiver particulièrement rigoureux, la préparation des chevaux avait été approximative, voire impossible. L'épreuve devenait ainsi plus ouverte, ce qui poussa nombre de propriétaires et d'entraîneurs à tenter leur chance. Quand les cinquante-sept concurrents s'élancèrent, soit le deuxième peloton le plus fourni de l'histoire de la course, les spectateurs crurent assister à la charge de la brigade légère. Les chevaux tombaient tout au long du parcours, fauchés par les obstacles et l'épuisement. Au bout d'un parcours massacrant, l'outsider *Caughoo* s'imposa à la cote de 100 contre 1, alors que le favori *Prince Régent* terminait seulement quatrième.

Si sa participation au Grand National ne suffisait pas à souligner la fibre de M. Hislop, ses états de service dans les fameux SAS (Special Air Services), durant la Seconde Guerre mondiale, témoignent d'un parcours hors du commun.

L'univers du pur-sang était entré dans l'existence de John Hislop au milieu des années trente. Stagiaire chez l'entraîneur Victor Galpin, à Clareheaven, le jeune homme ne faisait que répondre à un appel. Clareheaven était l'écurie mythique de Newmarket où Peter Purcell Gilpin, le père de Victor, avait entraîné autrefois *Pretty Polly*, « *the great filly* [1] ».

En vingt-quatre courses disputées de 1903 à 1906, la fille de *Gallinule* et *Admiration* ne connut que deux défaites, chaque fois avec des circonstances atténuantes. Elle dominait tellement ses contemporains que le handicapeur la plombait de poids supérieurs à ceux qu'il attribuait aux mâles. De nos jours, les pouliches et juments ont au contraire un avantage par rapport aux représentants du sexe dit « fort ».

Mille raisons expliquaient la défaite de *Pretty Polly* dans le Prix du Conseil municipal, le 9 octobre 1904, à Longchamp. Les chroniques anglaises rapportèrent que le voyage en train, déjà long et éprouvant, avait été marqué par de fréquents arrêts. Plus d'une fois, le convoi avait été mis en souffrance. Les pourboires généreux distribués par les deux accompagnateurs de la pouliche ne suffirent pas à amadouer les employés des chemins de fer. Si l'avènement du roi Édouard VII, couronné le 9 août 1902, avait consacré un réchauffement des relations entre le Royaume-Uni et la France, les Britanniques ne se privaient pas pour dénoncer les agissements séditieux de leurs voisins d'outre-Manche.

Pour en rester à des considérations strictement techniques, la pluie avait transformé la piste de Longchamp en un bourbier qu'affectionnait *Presto II*, déjà avantagé de 12 livres. Sur terrain lourd, les kilos supplémentaires pèsent des tonnes. Le combat était inégal et l'outsider à 50 contre 1 précéda la championne de deux longueurs et demie.

Deux ans plus tard, la jument fut devancée sur la distance anomale (4 000 m) de la Gold Cup à Ascot par

1. « L'exceptionnelle pouliche ».

*Bachelor's Button*, qui bénéficiait d'un avantage de 7 livres.

En souvenir de cette championne mythique, orgueil de l'Angleterre du début du siècle, Hislop se fixa pour objectif l'acquisition d'une poulinière en ligne directe. Durant son séjour de neuf ans à Clareheaven, Hislop enrichit ses connaissances pratiques et théoriques. Il avait notamment remarqué que les descendants de *Pretty Polly* donnaient des chevaux capables de courir vite, quel que soit l'étalon qui leur était présenté. Hislop avait aussi profité d'une longue inactivité à la suite d'une chute pour étudier des traités sur l'élevage.

Sa première poulinière n'était pas de la famille tant désirée mais produisit néanmoins des chevaux utiles. « Ma première erreur ? Au lieu de ne garder la seule *Orama* et développer sa souche, j'acquis d'autres poulinières, à titre personnel ou en partenariat », souligna Hislop dans son livre. Il énonçait ainsi la première règle de réussite en élevage : ne pas se disperser.

Au sortir de la deuxième guerre, il acheta *Brazen Molly*, une petite-fille de *Molly Desmond*, cette dernière étant considérée comme la meilleure fille de *Pretty Polly*.

*Brazen Molly* était vide et John Hislop débourse la somme modique de 400 livres, une excellente affaire si on considère qu'elle avait du sang de *Phalaris*. Accouplée à *Prince Chevalier*, *Brazen Molly* donna naissance au décevant *Calvary* puis à *La Paiva*, une alezane née en 1956.

Entre-temps, les époux Hislop avaient acheté un domaine et changé de stratégie. Ils souhaitaient dorénavant élever des pur-sang dans le but de les faire courir. John, qui avait renoncé à devenir un entraîneur de plat, s'était reconverti dans le journalisme hippique pour améliorer les ressources du ménage. Éditeur de la revue de référence *The British Racehorse*, il assurait également une chronique traitant de la généalogie dans le *Sporting Life*. Côté jardin, il s'adonnait à sa passion d'éleveur avec des moyens limités.

Excellente à l'entraînement, *La Paiva* ne parvenait pas à concrétiser ses aptitudes en course. Quatrième, cinquième, sixième, elle plafonnait chaque fois. Son entourage découvrit qu'elle souffrait d'une affection à un œil qui limitait son champ visuel, raison pour laquelle elle ralentissait instinctivement à proximité de l'arrivée.

Persuadé qu'elle pourrait faire une bonne poulinière, Hislop la garda, d'autant que son autre jument, *Madame Bovary*, allait sur ses vieux jours. L'intuition avait été bonne. Si *La Paiva* n'était pas très prolifique, chacun de ses produits possédait néanmoins des qualités, confirmant ainsi les observations relevées sur la lignée de *Pretty Polly*.

John Hislop pressentait qu'il était sur la bonne voie. Mais il y avait toujours un détail qui échappait à sa perspicacité, un point à améliorer. Durant l'hiver 1966-1967, il réfléchit longuement au partenaire idéal à présenter à sa poulinière. L'éleveur avait retenu plusieurs critères physiques et généalogiques. Le pedigree de l'étalon devait en particulier fournir un complément à celui de *La Paiva*, laquelle manquait du sang des plus grands reproducteurs anglais, à l'exception notable de *Phalaris*. Ce père devait également produire un poulain à la fois précoce et classique, et, dernière condition, être bon marché. Hislop ne voulait pas débourser trop cher pour une saillie qui risquait d'être non productive, *La Paiva* se révélant vide quasiment une année sur deux.

Le petit éleveur demandait-il la lune ? Ou plus simplement, tenu par des limites financières, avait-il cerné bien mieux le sujet que d'autres, plus fortunés, qui allaient vers des reproducteurs en vogue ? Il trouva, près de chez lui, l'étalon rare : *Queen's Hussar*, qui appartenait à Henry Porchester. Petit-fils de l'un des découvreurs de la tombe de Toutankhamon, Lord Porchester était un proche de la reine Elizabeth, qui l'appelait familièrement « Porchie ». Il dirigeait de concert son écurie et celle de la souveraine.

Suivant le principe qu'il valait mieux vendre un pur-sang et le regretter ensuite plutôt que le contraire, Lord Porchester avait commis deux impairs. Il avait cédé yearling *Blenheim*, futur vainqueur du Derby d'Epsom sous les couleurs de l'Aga Khan, et son demi-frère *King Salmon*, qui remporta avec sa nouvelle casaque deux grandes épreuves (Coronation Cup et Eclipse Stakes).

Procédant de la même manière, il avait voulu se séparer de *Queen's Hussar.* Mais, au dernier moment, la vente de l'étalon à l'Australie fut annulée, et ce, pour le plus grand bénéfice de l'élevage anglais car, sans ce contre-temps, il n'y aurait jamais eu de *Brigadier Gerard*, ni d'ailleurs de *Highclere*, la pouliche royale, lauréate du Prix de Diane 1974 à Chantilly en présence de sa propriétaire.

Persuadé que le fruit de l'union tant recherchée serait un mâle, il l'avait déjà baptisé avant la naissance. Mieux encore : dans un article prémonitoire, il avait annoncé que le foal, né le 5 mars 1968, deviendrait un champion, comme si la généalogie pouvait parfois se révéler une science exacte.

*Brigadier Gerard* était l'un des deux personnages qui avaient contribué à la renommée de l'écrivain écossais Arthur Conan Doyle, surtout célèbre en France pour avoir créé le personnage de Sherlock Holmes. Mais ayant fait mourir le fameux détective en 1893, Doyle fut contraint de trouver un héros de substitution pour entretenir la veine romanesque et nourrir sa famille. Enfant, il avait été bercé par les récits de sa mère, dont un oncle, le major général Pack, avait commandé un régiment sous les ordres de Wellington à Waterloo.

Doyle écrivit une série de courts récits sur l'épopée napoléonienne, incarnée par le brigadier Étienne Gerard, jeune homme fringant appartenant au corps d'élite des Hussards de Conflans.

*Brigadier Gerard*, personnage inspiré par les *Mémoires du Général Baron de Marbot*, est joyeux, fougueux et courageux. Il se présente lui-même dans un épisode : la cavalerie précédait la Grande Armée, les Hussards de Conflans constituaient l'avant-garde des corps à cheval, et j'étais le premier des Hussards.

Sous forme de tableaux successifs, les exploits et les aventures mêlent la comédie et la tragédie, le pathétique et l'ironie. Ils constituent à la fois une glorification et une critique de l'épopée napoléonienne.

Hislop était-il anti-français comme certains l'ont prétendu ? Les rapports entre la France et la Grande-Bretagne sont ainsi faits que des sentiments contradictoires s'entremêlent. Hislop appréciait probablement la France en tant que terre de culture. Sinon, pourquoi aurait-il baptisé plusieurs yearlings de noms de lieux (Traveller's) ou de personnes (Delaunay, premier acteur-manageur de la Comédie-Française, Macmahon) qui appartenaient à l'histoire de Paris ? D'ailleurs, *La Paiva* portait le nom d'une fameuse courtisane parisienne.

De même qu'il avait influé avec patience et discernement sur la généalogie de *Brigadier Gerard*, Hislop bâtit sa carrière avec le même soin. En tant que propriétaire, il était tenté d'empiéter sur les prérogatives de l'entraîneur Dick Hern. Mais le major, qui entraînait aussi l'écurie royale à West Ilsley, n'était pas homme à se laisser faire.

Ces deux fortes personnalités surent nouer des rapports professionnels efficaces.

Après des galops printaniers encourageants, John Hislop débordait d'optimisme. Hern tempérait cette excitation. Ils symbolisaient ainsi la relation typique entre propriétaire et entraîneur : le premier est persuadé de posséder un crack et, quand la réalité le déçoit, il en incombe la faute à l'entraîneur.

Aux côtés des deux anciens militaires, le jockey Joe Mercer complétait ce trio d'Anglicans en charge de la réalisation d'un projet glorieux. Mercer partageait la même approche du métier, qu'il avait appris dans la plus spartiate des écoles, dirigée par un autre militaire, le major Sneyd.

Originaire de Bradford, Joe était issu d'une famille de huit enfants, quatre filles et quatre garçons. Imitant leur père, ces derniers furent tous jockeys. Manny, l'aîné, qui était aussi le plus petit de la bande, se tua en 1958 sur l'hippodrome d'Ascot. Il avait trente et un ans. Joe, qui montait dans la course fatale, perdit pour toujours son sourire de gamin heureux. Mais il ne se départit jamais de son exquise gentillesse.

*Brigadier Gerard* effectua ses débuts le 24 juin à Newbury, sur la distance de cinq furlongs (1 006 m). Avec *Irish Conquest*, il était, des cinq concurrents, le plus abandonné par les parieurs. Si les joueurs avaient vu juste *pour Irish Conquest*, bon dernier, *Brigadier Gerard* gagna de toute une classe à 100 contre 7.

Malgré deux autres succès aisés, *Brigadier Gerard* fut encore délaissé à la cote lors de sa quatrième et dernière sortie de la saison, les Middle Park Stakes à Newmarket. Une fois encore, le poulain afficha une nette supériorité. Néanmoins, il resta dans l'ombre de l'actualité car on ne parlait que de *My Swallow* et de *Mill Reef*, qui avaient dominé la saison des deux ans de part et d'autre de la Manche. Le premier avait précédé le second d'une courte tête dans le Prix Robert Papin, à Longchamp.

Hislop avait convaincu son entraîneur que *Brigadier Gerard*, de par ses origines maternelles, n'avait pas besoin d'une longue préparation pour être en forme. Le 1er mai 1971, le poulain bai effectua sa rentrée directement sur le mile (1 609 m) des Deux Mille Guinées, épreuve phare du début du printemps pour les trois ans. C'était faire preuve d'un bel optimisme alors que la présence de *My Swallow* et de *Mill Reef* avait découragé la concurrence. Six partants au départ constituait le lot le plus restreint enregistré dans l'épreuve depuis 1888. C'était également le nombre des partants de l'édition 1886, remportée par l'invincible *Ormonde.*

*Brigadier Gerard* entra le dernier dans le rond de présentation, alors que ses cinq adversaires tournaient déjà. Il était impeccable et calme, superbe comme un hussard. Mais les spectateurs n'avaient d'yeux que pour *Mill Reef* et *My Swallow.*

Comme prévu, la foule assista au couronnement d'un roi. Mais ce n'était pas l'un des duettistes attendus. *Brigadier Gerard* avait accéléré à 200 m de l'arrivée pour reléguer les favoris à trois longueurs, *Mill Reef* s'emparant de la deuxième place. Les masques étaient tombés. *My Swallow* (l'hirondelle), invaincu à deux ans, rejoignit la longue liste des chevaux précoces. *Mill Reef* possédait, lui, une autre envergure, mais, sur le mile (1 609 m), il avait trouvé son maître.

Des applaudissements chaleureux accueillirent le retour du vainqueur aux balances. Le public fêtait le succès d'un poulain élevé en Angleterre par un petit propriétaire du comté de Newbury qui, à l'automne précédent, avait décliné une offre d'achat mirobolante de 250 000 livres.

L'opinion publique ressentit le succès de *Brigadier Gerard* comme un acte de résistance face à la domination étrangère. *Mill Reef*, fils de l'étalon américain *Never Bend*, appartenait au milliardaire et philantrophe Paul Mellon. Issu d'une dynastie de financiers, fils d'un ancien secrétaire d'État au Trésor, le maître de Rokeby (Virginie) était le plus assidu parmi les grands propriétaires américains à faire courir ses produits, selon leurs caractéristiques, soit aux États-Unis soit en Europe. Il avait déclaré sa casaque en Angleterre, le pays de sa mère, avant la Seconde Guerre mondiale.

La tradition veut que le propriétaire du lauréat annonce, à l'issue des Deux Mille Guinées, sa participation ou son forfait pour le Derby, disputé à Epsom cinq semaines et demie plus tard sur la distance d'un mile et demi.

La victoire aisée laissait penser que *Brigadier Gerard*, malgré ses origines, valait plus qu'un miler. Mais Hislop ne se laissa pas griser. En outre, il redoutait la configuration d'Epsom, avec son parcours atypique. Historien des courses, il ne savait que trop bien que le Derby, couru tôt dans la saison, pouvait détruire des champions.

L'entraîneur regardait au-delà de la gloire du Derby. Il visait d'autres records et souhaitait que son champion poursuive une carrière à quatre ans. *Pretty Polly*, son héroïne, avait bien couru jusqu'à cinq ans. Trop souvent, regrettait le journaliste-philosophe, les données économiques prenaient le pas sur l'aspect sportif.

Comme pour les phases précédentes, Hislop continuait à interroger le passé. Il avait constaté, en parcourant le palmarès des St James Stakes, disputés sur le mile du Royal Ascot, que l'épreuve souriait aux vainqueurs des

Deux Mille Guinées qui avaient délaissé le Derby. Après son triomphe de Newmarket, *Brigadier Gerard* semblait promis à un nouveau triomphe. C'était sans compter avec le terrain lourd qu'il n'appréciait pas. Sous la pluie, il frôla la défaite mais conquit l'estime de ses supporters. À 150 m du poteau, il paraissait irrémédiablement battu par *Sparkler* qui le devançait alors de six longueurs. Il s'extirpa pourtant de la boue et rattrapa son retard pour venir gagner d'une tête. « Jamais je n'ai vu un cheval se battre avec une telle énergie pour refuser la défaite », souligna le propriétaire. Le lendemain, les médias encensaient ce crack qui faisait preuve d'opiniâtreté et de courage, deux vertus que les Anglais s'attribuent sans restriction.

Hislop éprouvait un sentiment de fierté mais aussi de culpabilité. Il s'en voulait d'avoir négligé les conditions du terrain. Les origines de *Brigadier Gerard* signalaient cette aversion pour les terrains lourds qui avaient déjà rebuté *Pretty Polly* au début du siècle, à Longchamp. Il se promit d'éviter de telles erreurs à l'avenir. Mais l'Angleterre est une île, soumise à un climat océanique. *The Brigadier* dut encore composer avec des circonstances défavorables dans les Champion Stakes, en octobre 1971 à Newmarket, où il s'assura la victoire d'une tête sur *Rarity*, et, à quatre ans, quand il devança d'une longueur *Gold Rod*, l'outsider à 50 contre 1, dans les Eclipse Stakes 1972.

Cette dernière course aurait dû être le théâtre de la revanche pour *Mill Reef*. Les deux champions avaient emprunté des routes divergentes en raison d'aptitudes différentes. *Mill Reef* avait dominé les grandes épreuves disputées sur le mile et demi. *Brigadier Gerard* avait, de son côté, remporté les épreuves majeures sur le mile, distance de référence pour les Anglais.

Après le succès de *Mill Reef* dans l'Arc, Paul Mellon avait assuré que son cheval poursuivrait également sa carrière à quatre ans. À la perspective d'une rencontre au sommet, l'Angleterre fut parcourue d'une grande excitation. Hislop et Mellon avaient déclaré qu'ils feraient tout pour y engager leurs cracks. Disputés sur la distance de 2000 m, à mi-chemin entre le mile et le mile et demi, les Eclipse stakes constituaient un bon compromis pour le « match du siècle », dont l'appellation, cette fois, ne semblait pas usurpée. Mais *Mill Reef* se blessa et il n'y eut pas de rencontre à Sandown Park. Plus tard, le poulain de M. Mellon se fractura un membre à l'entraînement, accident qui mit en péril sa propre vie.

« *The Brigadier* réalisa la plus belle course de sa vie dans les Prince of Wales Stakes à Ascot, le 20 juin 1972, en améliorant le record de la piste », souligne Joe Mercer, trente ans après les faits, avec son inimitable accent. Par modestie, le jockey omet de rappeler que le dimanche précédent cette course mémorable, il avait échappé de peu à la mort dans l'accident du petit avion qui devait l'emmener à Bruxelles, où il était engagé dans une épreuve importante. Au décollage, l'appareil heurta une ligne à haute tension et s'écrasa. Le pilote fut tué et Joe Mercer, léger comme une plume, résistant comme une balle de golf, fut projeté à quelques mètres de la carlingue. Choqué, il retrouva prestement ses esprits pour tirer hors de l'appareil l'entraîneur Bill Marshall, sérieusement blessé, et le troisième passager, avant que l'avion n'explose et ne s'enflamme.

Malgré le drame, Hern et Hislop souhaitaient la présence du partenaire habituel de leur crack. Mercer et *Brigadier* n'avaient jamais été dissociés. Et, pour la treizième course de leur entente, Mercer tenait lui aussi à piloter le crack. Jamais un cheval anglais n'avait remporté treize courses d'affilée. Tout se passa comme d'habitude. À 400 m de l'arrivée, *Brigadier* dépassa le leader et remporta un succès facile avec cinq longueurs d'avance sur *Steel Pulse*, lauréat du Derby irlandais. Au bord de l'évanouissement à la rentrée aux balances, Mercer raconta : « *Brigadier* avait compris que je n'étais pas au mieux de ma forme et il a tout fait seul. » « C'était le cheval le plus merveilleux à monter, son caractère était irréprochable », ajouta-t-il. Mercer fut incapable de monter dans l'autre course majeure de la réunion, les St James Palace Stakes. Le cheval pouvait s'adapter à toutes les stratégies. Deux exemples attestent de cette maniabilité. Dans les Sussex Stakes, septième sortie de sa carrière, Mercer ne pratiqua pas la course d'attente habituelle, mais prit la tête dès la sortie des boîtes.

Le succès dans les King George and Queen Elizabeth Stakes, en juillet 1972, est salué avec émotion par Hislop dans son livre. L'épreuve estivale la plus prestigieuse en Angleterre ne représentait pourtant pas l'objectif principal de son ultime saison. C'était un pari sur les aptitudes d'un cheval qui n'avait jamais dépassé le cap du double kilomètre. Le propriétaire fut d'autant plus tenté par l'expérience quand il fut assuré que *Mill Reef* serait absent.

Malgré la perspective des 2 400 m, distance que *Brigadier Gerard* n'avait encore jamais abordée, Hern ne fit pas varier son programme d'entraînement. Il considérait que le relief accentué de West Ilsley, hérissé de petites côtes, ouvrait suffisamment les poumons de ses pensionnaires. On prépara donc le crack comme d'habitude, avec des séances disputées sur le mile.

*Brigadier Gerard*, qui avait attendu derrière les leaders, se porta au commandement à 200 m du poteau et précéda d'une longueur et demie *Parnell*, un véritable cheval de fond, deuxième du Prix du Cadran, le marathon (4 000 m) du plat en France. Il gagna grâce à ses qualités d'accélération. Un rugissement, rarement entendu à Ascot, salua son arrivée. Une ovation l'attendait aux balances. « C'était une victoire d'un pur-sang anglais. Propriété légale de Jean et de moi-même, il appartenait dans l'esprit à l'Angleterre : à ces admirateurs autour du paddock, aux milliers de gens qui suivaient sa carrière sans jamais l'avoir vu, à tous ceux même qui ignoraient son nom. À travers lui, chaque Anglais pouvait être fier [...] Quand je le regardais s'éloigner, le cœur rempli de gratitude et de joie, je ressentais – plus que la vanité du résultat – l'humilité et la crainte respectueuse de celui qui a été choisi pour faire naître peut-être le meilleur pur-sang anglais du siècle », souligne Hislop dans son livre. Le « meilleur », du moins sur le mile, un titre qu'il partage avec *Tudor Minstrel*.

Toutes les bonnes choses ont une fin. Ce fut le 15 août 1972, à York, lors des Benson and Hedges Cup (2 100 m), nouvelle épreuve richement dotée. Le favori de toute l'Angleterre s'apprêtait à égaler le record de *Ribot* – seize courses sans défaite – et personne ne pouvait imaginer qu'il fût battu. Pourtant, le fantasque *Roberto*, capable du meilleur comme du pire, le devança nettement. Le jockey panaméen Braulio Baeza s'était déplacé spécialement des États-Unis pour monter le cheval de J. W. Galbraith. Il choisit la course de tête, tactique qui fait force de loi sur les hippodromes américains. Et il gagna de bout en bout, battant le record de la piste.

« Ce n'est que plus tard que je ressentis la portée historique de notre succès », déclara Baeza, qui n'avait pas eu le temps de savourer sa victoire. Il devait se remettre en selle le lendemain à Saratoga. L'équipe de *Brigadier Gerard* ne trouva aucune excuse. Le cheval avait couru sa valeur, battant également le record. Il avait certainement laissé des forces dans les King George mais n'avait pas voulu le montrer. Par orgueil.

*The Brigadier* réagit superbement à la défaite. Il établit un nouveau record de la piste sur le mile d'Ascot dans les Queen Elizabeth Stakes, et conclut en apothéose sur la longue ligne droite de Newmarket, répétant son succès de l'année précédente dans les Champion Stakes. Une standing ovation salua la fin d'une épopée.

« Il avait gagné sa dernière course. Face à la marée montante des succès américains, il était un cheval dont l'Angleterre pouvait être fière », écrivit Michael Philipps dans le quotidien *The Times*.

« *Brigadier Gerard* était admiré de tous, même des gens extérieurs au milieu des courses. Il est possible qu'un autre *Brigadier Gerard* puisse naître, mais il faudrait beaucoup de chance. La chance joue un rôle important dans les courses », rappelle Joe Mercer.

John Hislop avait réussi à concilier modernité et tradition. En souvenir de l'expérience malheureuse de *Pretty Polly* à Paris, John Hislop concentra l'entière carrière de son crack sur les hippodromes anglais. En cela, il restait fidèle à un patrimoine culturel.

Le site Internet des hippodromes britanniques (The Racecourse Association www.comeracing.co.uk) est suffisamment explicite dans sa page d'introduction. « La variété des courses de chevaux en Grande-Bretagne n'a pas d'équivalent dans le monde », est-il précisé en préambule. « Les cinquante-neuf hippodromes, dont dix-huit sont dédiés exclusivement aux épreuves de plat et dix-sept sont mixtes (plat et obstacles), possèdent chacun un caractère et une atmosphère propres. Ils proposent un large choix de découverte et de connaissance, et satisfont tous les goûts et toutes les bourses. Chaque course est une opportunité délicieuse et excitante. Un grand cheval ou une épreuve célèbre peuvent transformer la journée en une circonstance magique où vous êtes simplement heureux de pouvoir dire "j'y étais". »

Ceux qui avaient assisté aux succès de *Brigadier Gerard* à Newmarket, Ascot, York ou Goodwood, en gardaient un souvenir ému. Ils avaient probablement vu le dernier représentant de l'élevage britannique, érigé en patrimoine national. La photo de couverture du livre sur *The Brigadier* est, à ce sujet, éloquente. Il s'agit d'une pose académique, avec Hislop en selle sur son crack. Le cheval tourne légèrement la tête vers l'objectif alors que le cavalier regarde obstinément devant lui. Il semble illustrer la devise royale « Dieu et mon droit ».

Dans un article publié par le mensuel français *Courses et élevage* (n° 82, janvier 1971), Hislop fustigeait les éleveurs français qui, bénéficiant de primes substantielles, privilégiaient le pedigree, pour l'appât du gain. « Or, le symbole de la réussite veut que l'on arrive à élever un bon cheval de course, solide, courageux et sain, et non pas un yearling capable d'atteindre un prix record en vente publique », rappelait-il.

L'avertissement valait aussi pour ses compatriotes, coupables de s'être laissé séduire par la dictature des étalons en vue.

Hislop s'était inspiré aussi de son compatriote H. J. Joel, le magicien des croisements qui poursuivait encore ses expérimentations à l'âge de quatre-vingt-dix ans. Joel avait notamment élevé *Light Cavalry*, avant de sortir de son chapeau un duo de cracks, *Royal Palace* et *Busted*, à la fin des années soixante. Jamais il ne s'éloigna de lignes typiquement anglaises.

Les prédictions de John Hislop se sont avérées exactes. Désormais, les cheiks et princes du Golfe règnent sur l'élevage et les courses. Ils se partagent les trophées anglais avec les Irlandais de Coolmore, qui bénéficient d'avantages fiscaux déterminants.

La carrière d'étalon de *Brigadier Gerard* fut décevante. Il ne produisit aucun champion digne de son rang. Décédé le 29 octobre 1989, il est enterré à Swinford Paddocks où il passa les dernières années de sa vie.

## Épilogue

Les fils de l'histoire sont invariablement liés à la royauté. En 1989, le contrat qui engageait l'entraîneur Dick Hern et la reine ne fut pas renouvelé. En d'autres termes, le major ne s'occupait plus des chevaux de la souveraine. Paré depuis 1987 du titre de duc de Carnarvon, Lord Porchester, estimant que Hern ne libérait pas assez rapidement les lieux, exigea alors son départ.

Alerté par les tabloïds, l'opinion publique prit évidemment parti pour l'entraîneur, qui se déplaçait depuis plusieurs années en fauteuil roulant à la suite d'un accident de chasse. Elizabeth II dut intervenir et un accord à l'amiable fut trouvé : pour services rendus, Hern fut autorisé à partager les bâtiments avec son successeur. « Porchie », l'incorrigible, avait joué le rôle du méchant dans la pièce.

Dick Hern est mort le 22 mai 2002, à l'âge de quatre-vingt-un ans.

Joe Mercer a rejoint les grands propriétaires du Golfe. Il est manageur de l'écurie de course du cheik Maktoum bin Rashid al Maktoum.

## SECRETARIAT
## (1970-1989)

# ATTENTE

Y aurait-il un jour un autre *Man o' War* ? Les anciens l'excluaient. *Man o' War* occupe une place à part dans le turf américain. On ne lutte pas contre la légende, surtout quand elle se déploie entre deux guerres mondiales, d'un océan à l'autre.

Vainqueurs de la Triple Couronne, *Gallant Fox* (1930), *Omaha* (fils du précédent, 1935), *Whirlaway* (1941), *Count Fleet* (1943), *Assault* (1946) coururent dans l'ombre du grand cheval.

Ce n'est qu'après sa disparition, en 1947, que l'Amérique s'enflamma enfin pour de nouveaux champions, le bai *Citation* et le gris *Native Dancer*.

*Citation* remporta vingt-sept succès sur vingt-neuf départs à deux et à trois ans, dont la Triple Couronne 1948. Une blessure à un boulet écourta sa fin de saison. S'il avait alors pris le chemin du haras, il partagerait certainement le piédestal de *Man o' War*. Mais ses propriétaires étaient obnubilés par les statistiques. Après une année de repos forcé, ils lui imposèrent une seconde carrière pour battre le record des gains que détenait *Stymie*, le cheval marathon (cent trente et une courses disputées), avec 918 485 dollars. Et, dans la foulée, franchir le premier la barre mythique du million de dollars.

Or, entre-temps, l'étoile d'un autre crack s'était levée. Le grand *Noor* infligea une série de défaites à *Citation*, champion ainsi relégué à la deuxième place. Le cheval remporta néanmoins deux handicaps (sur neuf courses) à cinq ans, et s'imposa encore trois fois à six ans. Cela suffit à dépasser le million de dollars de gains.

Comme *Man o' War*, *Native Dancer* ne connut qu'une défaite. *Dark Star* le précéda d'une courte de tête dans l'édition 1950 du Kentucky Derby, par la faute de son jockey Éric Guerin. *Native Dancer* était un champion exceptionnel, mais comme il était gris et « méchant », on oublia de l'aimer.

Se succédèrent ensuite en cadence *Swaps*, *Nashua* (nés en 1952), *Kelso*, *Buckpasser*, *Dr Fager*. De véritables cracks, mais toujours rabaissés par la comparaison que l'on établissait immanquablement avec *Man o' War.*

# UN VENT DE FRAÎCHEUR

*Secretariat* naquit le 30 mars 1970. Avec la guerre du Vietnam en toile de fond, la décennie ne s'annonçait pas sous les meilleurs auspices pour les États-Unis d'Amérique, encore traumatisés par l'assassinat du président John F. Kennedy, en novembre 1963 à Dallas.

Le pasteur Martin Luther King, chantre de l'égalité des droits civiques, et Bob Kennedy, frère du président défunt, tombèrent à leur tour sous les balles de tueurs en 1968. La même année, les sprinters de couleur Tommie Smith et John Carlos levèrent leurs poings gantés de noir sur le podium du 200 m des jeux Olympiques de Mexico.

Avec le scandale du Watergate et la chute du président Richard Nixon, vieux routier de la politique, le pays semblait avoir perdu ses illusions.

En période sombre, l'homme a besoin d'évasion. Et si un cheval pouvait en être l'instrument ? Non pas celui que Richard III aurait bien échangé contre son royaume, dans la pièce homonyme de William Shakespeare, mais un cheval de course.

La part d'innocence qui restait de l'Amérique s'exprimait peut-être dans le « *wow* » lancé par Helen Chenery qui venait de découvrir le foal déposé sur la paille par la poulinière *Somethingroyal.* La fille de Christopher Chenery, propriétaire de Meadow Stud à Doswell (Virginie), prit quelques notes dans son carnet, comme elle en avait l'habitude à chaque naissance : « Il était parfait, avec des yeux étincelants, une poitrine bien cintrée, des jambes droites et proportionnées, et trois balzanes. Et il portait une étoile sur le front. »

Qu'on ne se fie pas au nom, mais aux origines. Comme *Man o' War* un demi-siècle plus tôt, *Secretariat* était très bien né. Fils de *Bold Ruler*, étalon de vitesse très recherché, et d'une jument qui avait hérité des qualités de tenue par son père *Princequillo.*

Par l'invaincu *Nearco et Nasrullah*, *Bold Ruler* descendait de *Phalaris*, qui avait démontré qu'un sprinter pouvait devenir un grand étalon.

Naître riche n'est pas toujours un gage de réussite. Preuve en est que *The Bride*, sœur entière de *Secretariat* et son aînée d'un an, ne fut jamais placée en six courses. Il y avait déjà quelques années que Chenery envoyait deux de ses poulinières chez Gladys Phipps, pour être saillies deux années de suite par *Bold Ruler*, l'étalon vedette de la Claiborne Farm à Paris (Kentucky). Pour le partage des produits, les deux éleveurs avaient instauré un rituel qui se répétait tous les deux ans : une pièce de monnaie lancée après la naissance désignait la priorité du choix. En 1969, le cérémonial s'était déroulé en présence de Helen Chenery qui avait remplacé son père, malade. Pile ou face ? Mme Chenery avait choisi pile. La monnaie retomba côté face. La Claiborne Farm eut donc la priorité et préleva *The Bride*. L'année suivante, Meadow Stable choisit *Secretariat.* Le choix avait été d'autant plus facile que la seconde poulinière était vide !

Ingénieur des chemins de fer, Christopher Chenery s'était enrichi en créant des entreprises de services publics. Il avait d'abord racheté la demeure que ses aïeux avaient dû abandonner durant la guerre de Sécession. Puis il s'était lancé dans l'élevage des pur-sang. Ses pensionnaires bénéficiaient du luxe qui étonne toujours les professionnels européens quand ils visitent les élevages américains.

Helen Tweedy s'occupait de l'écurie depuis que son père était infirme. Seule à partager la passion paternelle, elle s'opposait à ses frères qui voulaient vendre Meadow Stable. Elle réclamait un peu de temps et de patience. Les foals nés en 1969 et 1970 constituaient son dernier espoir pour régler les problèmes financiers de la famille.

En 1971, le jeune entraîneur québécois Roger Laurin, à peine engagé par Chenery, fut attiré par les sirènes d'Ogden Phipps, fils de Gladys. Pour se faire remplacer, il avança la candidature de son père, Lucien. Âgé de cinquante-neuf ans, Lucien Laurin, un Montréalais posé, pensait en avoir terminé avec sa carrière de jockey et d'entraîneur. Son arrivée à Meadow Stable entraîna celle du jockey Ron Turcotte, dont la famille paternelle, d'origine québécoise également, avait émigré au Nouveau-Brunswick.

Laurin et Turcotte étaient de sacrés chanceux. Dès leur première année de collaboration, *Riva Ridge* remporta plusieurs courses importantes pour deux ans et, l'année suivante, le Kentucky Derby et les Belmont Stakes. La même année, « *the wow horse* » s'illustra à son tour chez les débutants.

Lucien avait plusieurs fois réfréné l'enthousiasme manifesté par Helen Chenery à l'égard de son poulain préféré. L'entraîneur la taquinait en assurant que *Secretariat* était trop beau et que tant de perfection devait bien dissimuler quelque défaut. Un manque de volonté, par exemple. Avec son gros appétit, le yearling avait une fâcheuse tendance à l'embonpoint. Pour limiter cette propension, et éliminer les kilos superflus, l'alezan était alors soumis à des séances d'entraînement plus soutenues. Mais le poulain supportait sans problème les efforts répétés.

Laurin avait aussi noté que le port des œillères améliorait sa concentration. En grande confiance, il demanda à la propriétaire d'assister à la première de *Secretariat*, le 4 juillet 1972, jour de la fête nationale, sur l'hippodrome d'Aqueduct. Blessé, Turcotte n'avait pu se mettre en selle, cédant sa place à Paul Feliciano.

À la sortie des stalles de départ, le poulain fut percuté par un concurrent nommé *Québec*. Sous le choc, *Secretariat* pivota comme une toupie. Et, quand il retrouva enfin le sens de la course, ses adversaires étaient déjà loin. Mais la déception fut grandement atténuée par la fin de course de *Secretariat*. Le cheval avait en effet comblé six à sept longueurs dans les 400 derniers mètres pour finalement terminer à la quatrième place, à seulement une longueur du vainqueur.

Lors des huit courses suivantes, il subit une seule autre défaite, sur tapis vert, quand il fut rétrogradé de la première à la deuxième place des Champagne Stakes au profit de *Stop The Music* qu'il avait gêné au moment du sprint.

Dans les Hopeful Stakes, à Saratoga, le jeune *Secretariat* émerveilla l'assistance en remontant ses huit adversaires un par un en moins de 300 m, parcourant le dernier quart de mile (402 m) en 22 secondes. Pour la première fois, un poulain de deux ans fut élu à l'unanimité cheval de l'année, une reconnaissance traditionnellement réservée aux trois ans et aux chevaux d'âge.

Le trophée avait d'autant plus de valeur que le meilleur trois ans s'appelait *Riva Ridge*, son compagnon d'écurie.

Christopher Chenery avait connu une dernière joie en voyant sa fille brandir le trophée remis au propriétaire du vainqueur du Kentucky Derby, en mai 1972. Chenery était ému aux larmes : il avait acquis dans les années quarante une modeste pouliche, *Hildene*, la grand-mère maternelle de *Riva Ridge*, devenue aveugle en donnant naissance à son premier foal.

M. Chenery mourut en janvier 1973. Quelques semaines plus tard, une nouvelle stupéfia le monde des courses. *Secretariat* avait été vendu pour la somme record de 6,08 millions de dollars à un groupe d'éleveurs de la Claiborne Farm. La somme représentait trois fois l'équivalent de son poids en or. L'accord stipulait que *Secretariat* restait la propriété de Meadow Stable jusqu'au terme de la saison 1973, quand il entamerait sa carrière d'étalon. Helen Chenery avait ainsi sauvé le domaine.

L'objectif était évidemment de remporter la Triple Couronne, que *Riva Ridge* avait manquée dans les Preakness Stakes. Trois courses de préparation furent choisies sur l'hippodrome de Belmont Park. Le cheval avait encore grandi et forci. Une sangle de trois mètres était nécessaire pour faire le tour de sa poitrine carénée comme un navire.

Par mimétisme avec *Man o' War* – autre alezan, grand et fort –, on le surnomma « *Big Red* », « *Red* » ou encore « *Big Horse* ». Il soufflait à peine à l'entraînement quand il couvrait les trois huitièmes de mile en moins de 34 secondes, à 65 km/h de moyenne.

Lors de sa course de rentrée, il traversa le mur de chevaux qui lui barrait la route à 200 m du poteau, pour s'imposer avec une marge de quatre longueurs et demie. Dans le Gotham, épreuve disputée sur un mile, il égala le record de la piste en 1 mn 33 s. 2/5e. Médusés, les spectateurs l'avaient vu poursuivre son effort un quart de mile au-delà du poteau d'arrivée. Turcotte voulait le familiariser avec la distance du Kentucky Derby. Puis il s'aligna dans le Wood Memorial, sur 1 810 m. Sans énergie lors du sprint qui aurait dû le propulser devant ses adversaires, il termina seulement troisième, derrière son compagnon d'écurie *Angle Light* et *Sham*. Les causes de cet échec ne furent dévoilées que plus tard. En l'absence d'informations, le clan des pessimistes reprit de la voix. Selon eux, la raison était simple : *Bold Ruler* ne produisait que des chevaux dotés de vitesse mais pas de tenue. D'ailleurs, pas un seul de ses fils n'avait encore remporté une des trois épreuves de la Triple Couronne, dont la plus courte – les Preakness Stakes – se déroule sur un mile et trois seizièmes (1 911 m).

Ces détracteurs se trompaient. La contre-performance s'expliquait par l'abcès dentaire que le vétérinaire de l'hippodrome avait décelé le matin de la course. Il en avait informé l'entraîneur, mais ce dernier n'avait pas déclaré forfait, estimant que la course servirait de travail préparatoire et compensatoire. Lucien Laurin révéla que *Secretariat*, dans un précédent exercice, n'avait pu donner le maximum de lui-même en raison d'un incident.

Le Kentucky Derby, la course des roses, a ses rites. Avant le départ, les quelque cent mille spectateurs rassemblés dans l'enceinte de Churchill Downs à Louisville entonnent *My old Kentucky*. Même les plus endurcis ne peuvent retenir une larme, foi de Billy Shoemaker, le plus grand jockey américain, mort en octobre dernier.

Le duo Laurin-Turcotte affichait une confiance totale. Les derniers entraînements avaient apporté les réponses espérées. Quand l'alezan passa devant la tribune centrale en dernière position du groupe de treize partants, le doute se répandit pourtant dans la foule et parmi les éleveurs qui avaient payé des sommes astronomiques pour sa carrière d'étalon. Pour *Secretariat*, la course débuta dans le dernier demi-mile quand il remonta progressivement ses adversaires. Seul *Sham*, détaché à 250 m de l'arrivée, paraissait inaccessible. « Je pensais que personne n'était capable de nous rattraper », expliqua le jockey Laffit Pincay. Pourtant, *Secretariat* se rapprochait à une vitesse hallucinante. Pendant quelques secondes, le tête-à-tête entre les deux chevaux donna l'illusion d'une lutte acharnée. Puis *Sham* glissa en arrière, comme repoussé par une vague.

*Secretariat* franchit le poteau avec deux longueurs et demie d'avance. Les temps intermédiaires, pris à chaque quart de mile comme c'est l'usage en Amérique, traduisaient la progression irrésistible du vainqueur. Il avait couvert successivement les cinq tranches de 402,33 m en 25 s. 1/5e, 24 s., 23 s. 4/5e, 23 s. 2/5e et 23 s. Jamais, un cheval n'avait été capable d'une telle accélération. *Secretariat* avait établi un nouveau record de l'épreuve, en 1 mn 59 s. 2/5e, soit 3/5e de seconde de moins que le précédent, détenu par *Northern Dancer* depuis 1964.

Sur les hippodromes du Nouveau Monde, où les chevaux partent à l'abordage dès l'ouverture des boîtes, les deuxième et troisième quarts de mile sont parcourus le plus rapidement possible. Ensuite, pour des raisons physiologiques, la vitesse décroît. C'est le même principe physique, celui de l'élastique se détendant, qu'on observe sur le tour de piste (400 m plat) en athlétisme.

*Secretariat*, premier à descendre sous les deux minutes, avait vaincu le signe indien. Enfin, un fils de *Bold Ruler* remportait une épreuve de la Triple Couronne. Comme le veut la tradition, on passa à l'encolure du vainqueur une guirlande de roses.

Pour la deuxième étape de la Triple Crown, sur le tourniquet de Pimlico (Baltimore), *Secretariat* réalisa un numéro d'équilibriste sur le fil des virages relevés. Il déborda ses adversaires dans l'avant-dernier tournant. Assuré de la corde, et sous la monte apaisante de Turcotte, il contrôla la fin de course. Il précéda de nouveau *Sham*, avec le même écart qu'à Louisville ; le troisième, *Our Native*, fut, comme la fois précédente, distancé de huit longueurs. Seul un problème de chronométrage empêcha *Secretariat* de battre le record de l'épreuve. « Il était comme une Rolls-Royce au milieu de Volkswagen », remarqua le directeur de Pimlico, Chik Lang. Et il ajouta : « On croirait que Dieu a décidé de créer le cheval parfait. »

Ces deux victoires obtenues avec panache, à quinze jours d'intervalle, valurent au pur-sang un intérêt médiatique inégalé. Avant la troisième et dernière étape de la Triple Couronne, le cheval volant fit la une des hebdomadaires *Time*, *Newsweek* et *Sports Illustred.* Il reléguait la guerre du Vietnam et le Watergarte en pages intérieures. Pour une fois, un champion à quatre jambes faisait mieux que les vedettes du base-ball, basket-ball, football américain et tennis réunis.

*Secretariat* était devenu une icône. Une agence spécialisée s'occupait de ses apparitions comme pour une star de cinéma. La télévision le réclamait et Las Vegas espérait sa venue. « Ce magnifique et imposant galopeur qui n'était mêlé à aucun scandale, mouillé dans aucune affaire d'argent, courait seulement parce qu'il aimait courir », souligna l'écrivain George Plimpton.

On attendait avec impatience les Belmont Stakes, l'épreuve qui confirme la tenue (*stamina*, disent les Anglo-Saxons) d'un pur-sang sur un mile et demi. L'espoir subsistait dans le camp des opposants. Johnny Campo, entraîneur de l'outsider *Twice a Prince*, évoquait la possibilité d'un « *major upset* [1] ». Il assurait que *Bold Ruler* ne pouvait avoir engendré un cheval capable de tenir la distance. Avec *Sham* et *Twice a Prince*, deux autres chevaux avaient relevé le défi. Jamais depuis 1943, et la domination de *Count Fleet*, les Belmont Stakes n'avaient enregistré une participation aussi faible.

Contrairement à ses précédentes sorties, *Secretariat* s'empara immédiatement de la tête, accompagné de *Sham*. Mais le duo se transforma rapidement en un « *one horse show* [2] ». Après un demi-mile, couvert au rythme d'un sprinter, le grand favori avait déjà creusé un écart de trois longueurs. Aux trois quarts de mile, soit à mi-parcours (1 207 m), il passait en 1 mn 9 s. 4/5^e^, ce qui était tout simplement le meilleur temps jamais réalisé sur la distance à Belmont Park. Mais il restait encore autant de terrain à parcourir. *Secretariat* était-il devenu fou ? Turcotte, emporté par cet élan, ne semblait pas réaliser la situation.

1 mn 34 s. 1/5^e^ au mile. Chick Anderson, le commentateur radio, s'enflammait. « *Secretariat* est seul. Il embrase tout sur son passage. Il avance comme une machine infernale [...] Il va gagner la Triple Couronne. Incroyable ! Une performance stupéfiante ! Il a vingt-cinq longueurs d'avance », criait-il.

« J'entendais les commentaires de Chick Anderson. Je me suis retourné pour voir où étaient les autres. Nulle part. Cela pouvait sembler complètement fou mais le cheval avait pris la direction des opérations. Je me suis contenté de le laisser aller », raconta Turcotte.

1. « Énorme surprise ».
2. Jeu de mots sur « one man show ».

1 mn 59 s. au mile et quart (2 012 m). Plus vite que son record à Churchill Downs. Le public était abasourdi et Turcotte suspendu dans un rêve. « Je n'entendais plus le galop des autres chevaux en m'approchant du poteau des 3/8e de mile (donc à 1 000 m de l'arrivée). J'entendais le rugissement de la foule. Je n'ai jamais entendu un tel rugissement de toute ma vie. » À 50 m de l'arrivée, le cavalier leva la tête pour jeter un œil sur l'écran du chrono qui faisait défiler les dernières secondes. Il arrêta sa course à 2 mn 24 s. C'était non seulement le nouveau record sur la distance à Belmont Park, 2 s. 3/5e de mieux que *Gallant Man* (2 mn 26 s. 3/5e) en 1957, mais également un record du monde sur une piste en terre. Le juge compta trente et une longueurs d'avance sur le deuxième, *Twice a Prince*, le plus gros écart jamais enregistré dans les Belmont Stakes.

Le groom Eddie Sweat avait vécu en première ligne ces moments inoubliables. « Alors que "*Big Red*" possédait déjà vingt longueurs d'avance, tout ce que je répétais dans une prière, c'était : ne tombe pas gamin. Reviens à la maison. » Aucune caméra de la chaîne CBS – trente millions de personnes suivirent l'exploit sur le petit écran – ne put cadrer l'arrivée du deuxième tant l'écart était abyssal. « Son seul point de référence, c'était lui-même », souligna Charles Hotton, du *Daily Racing Form*.

Turcotte, qui n'avait pas son pareil pour détendre sa monture durant le parcours, restait modeste : « C'est le cheval qui court. La plus grosse erreur pour un jockey, c'est de croire qu'il est plus important que son cheval et ainsi de ne pas donner libre cours à son intelligence. »

Né dans une famille de douze enfants, Turcotte avait musclé son corps (1,55 m) en coupant du bois à Grand Falls, où son père Fred était bûcheron. Mais, le plus souvent, le petit Ron menait les chevaux qui tractaient les grumes. Il apprit ainsi à composer avec les plus costauds d'entre eux, qui pesaient quelque 900 kg. « Je suis un homme ordinaire qui a bénéficié d'un peu de chance pour réussir quelque chose », explique l'ancien jockey, désormais sexagénaire et retiré à Grand Falls. Depuis une chute de cheval à Belmont Park en 1978, il est paraplégique.

« Avec le rouge de sa robe, des œillères et une casaque bleu et blanc, le cheval semblait draper dans la bannière étoilée », soulignait sa propriétaire Helen Chenery. *Secretariat* fut élu sportif de l'année 1973, devant une myriade de champions humains. Sa photo s'affichait dans les lieux publics, les trains et les écoles. Seul le président Nixon le précédait en termes de popularité.

À travers un cheval, les Américains avaient redécouvert le goût de la victoire et l'existence de leurs voisins québécois. Turcotte s'adressait parfois à son champion en français, avec l'accent si caractéristique de la Belle Province.

Le jockey avait été adopté par les Yankees qui appréciaient son style de vie. Il n'était pas rare qu'avec femme et enfants, il s'échappe en camping-car pour aller se cacher dans les endroits les plus reculés.

*Secretariat* redevenait parfois un cheval ordinaire. Affaibli par une forte fièvre, il fut précédé par *Onion*, sur un mile et un huitième à Saratoga. Et plus tard, par *Prove Out*, un cheval d'âge, sur un mile et demi à Belmont Park. *Onion* et *Prove Out* étaient montés par Jorge Velasquez et entraînés par Allen Jerkens, qu'on surnomma « *Giant killer* [1] ».

L'hippodrome de Saratoga fut appelé le « cimetière des champions ». Après *Man o' War*, *Secretariat* y avait

1. « Le tombeur de géants ».

succombé de façon inattendue. La malédiction d'*Upset* avait aussi frappé un autre immense champion, *Citation*, défait par un concurrent coté 100 contre 1.

Pour affirmer l'universalité de son champion, Laurin avait décidé pour ses deux dernières courses de l'engager sur herbe, alors qu'il avait toujours couru sur des pistes en terre. Il remporta le Man o' War, une course dédiée à la mémoire du crack du début du siècle, à Belmont Park, avant de conclure sa carrière le 28 octobre 1973 par le Canadian International Champion Stakes (2 612 m), à Woodbine, dans la banlieue de Toronto. *Secretariat* avait pris l'avion pour la première fois. Turcotte, absent pour les débuts du poulain, manqua également sa sortie. Il avait été suspendu par le Jockey Club canadien pour comportement anti-sportif lors d'une précédente course.

Avec ses jambes qui travaillaient comme des pistons, le champion se détacha une dernière fois de ses adversaires. Les dernières images le montrent auréolé de légers flocons de neige alors que son souffle s'imprime dans l'air glacé.

Le mardi 6 novembre, trente-deux mille neuf cents personnes étaient présentes pour ses adieux sur l'hippodrome d'Acqueduct, là où tout avait commencé.

*Secretariat* reprit l'avion le 12 novembre. Plusieurs centaines de personnes l'attendaient au Blue Grass Airport de Lexington. Sous escorte policière, il rejoignit le Stud de Claiborne Farm, sa nouvelle résidence.

Un jeune homme était assis sur un des murs du haras. Il pleurait. C'était Sweat, qui attendait un véhicule pour le conduire à la Meadow Stable. Seul, pour la première et dernière fois, sans « *Red* ».

Comme Faraway Farm pour *Man o' War*, Claiborne Farm se transforma en pèlerinage. On y venait pour

*Secretariat*. Les autres étalons, pourtant prestigieux, n'intéressaient pas les visiteurs.

Ce n'était pas le reproducteur, dont les saillies étaient les plus chères au monde, qu'on venait admirer, mais l'athlète, un athlète capable de déployer tous les quatre dixièmes de seconde une foulée de plus de 8 m.

*Risen Star*, vainqueur en 1988 des Preakness et Belmont Stakes, ainsi que *Lady's Secret*, élu cheval de l'année en 1986, furent ses meilleurs fils, sans toutefois égaler son niveau. D'autres, vendus des fortunes parce qu'ils descendaient d'un grand nom, ne foulèrent jamais un champ de courses.

*Secretariat* a concrétisé l'avènement de l'élevage américain au premier rang mondial. Une course poursuite qui a duré près d'un siècle. Les Américains, qui avaient acheté sans compter poulinières et reproducteurs en Europe, ont privilégié les étalons de vitesse, alors que les éleveurs du Vieux Continent restaient convaincus que les spécialistes des longues distances étaient seuls aptes à la reproduction. Question de culture. Il y a deux siècles et demi, *Matchem*, *Herod* et, bien sûr, *Eclipse* participaient à deux ou trois courses dans la même journée. Ils étaient aussi plus robustes car ils débutaient à cinq ans.

Le poids de la tradition a aveuglé les Anglais, qui avaient pourtant la solution sous leurs yeux avec leur sprinter *Phalaris*. *Nearco* et *Pharis*, tous deux petits-fils de *Phalaris*, avaient dominé, à la fin des années trente, sur les 3 000 m du Grand Prix de Paris, l'épreuve de référence. Les conservateurs en conclurent que le fond primait, encore et toujours, la vitesse. Or, *Nearco* et *Pharis* avaient vaincu en vertu de leur classe et non pas de la tenue, qui est la faculté de courir longtemps à une faible vitesse. Invaincu en quatorze courses, *Nearco* avait gagné sur toutes les distances, notamment sur 1 600 m.

Les Américains, qui ont toujours préféré, dans leurs programmes, les courtes distances, avaient compris que le pouvoir d'accélération fondait la supériorité des cracks. Ils importèrent entre autres *Nasrullah*, fils de *Nearco* et futur grand-père paternel de *Secretariat*.

*Secretariat* est mort le 4 octobre 1989, à l'âge de dix-neuf ans et demi. Il souffrait de fourbure, une maladie vasculaire du sabot, invalidante et douloureuse. Pour abréger ses souffrances, on le piqua.

Thomas Swerczek, professeur de science vétérinaire à l'Université du Kentucky, pratiqua l'autopsie. Stupéfiant, le cœur de *Secretariat* pesait quelque dix kilos, soit deux fois et demie celui d'un cheval normal. « Ce n'était pas dû à une pathologie. Tout était normal. Mais il était beaucoup plus grand dans toutes ses composantes », souligna le Dr Swerczek. Équipé d'une telle pompe à oxygène, *Secretariat* pouvait encore accélérer quand ses adversaires n'avaient déjà plus de réserves.

*Secretariat* repose au cimetière de la Claiborne Farm, près des tombes de son père *Bold Ruler* et de *Riva Ridge*. Sa tombe continue à être fleurie régulièrement.

## ÉPILOGUE

L'image du champion est restée sans tache dans l'opinion publique, ce qui a permis à Helen Chenery de créer la fondation *Secretariat*. Cette association œuvre notamment pour aider la recherche vétérinaire mais aussi en faveur des thérapies applicables à l'homme.

Dans une œuvre grandeur nature, le sculpteur Ed Bogucki a choisi de fixer dans le bronze le retour du cheval aux balances après sa victoire dans le Kentucky

Derby. Ron Turcotte y est représenté en selle, et son lad tient la longe. En effet, ému par les photos de Sweat en pleurs au moment de la séparation, l'artiste a voulu pérenniser le lien indissoluble entre le groom et son cheval.

Sweat a été emporté par une leucémie le 18 avril 1998. Bogucki l'a immortalisé en le figurant en appui sur ses talons comme pour contenir, grâce à la longe, la fougue de « *Red* », qui semble danser. Cette statue rejoindra bientôt celle de *Man o' War* au Kentucky Horse Park.

# CONCLUSIONS

Tout n'est pas couru d'avance dans le monde des pur-sang, même si l'argent y tient une place centrale. La chance et le hasard sont également importants, comme dans chaque activité humaine. Loin d'ignorer l'histoire merveilleuse de Cendrillon, l'élevage du pur-sang a renouvelé le genre en reproduisant la fable des sans-grade qui accèdent au rang de rois. Ou de fils de rois qui ne gagneront jamais une épreuve.

Il y a dans les sagas, souvent familiales, une dimension humaine qui transcende la richesse financière. La naissance d'un champion est souvent l'aboutissement d'un long parcours. Chercheurs sans relâche, les éleveurs assemblent des puzzles improbables. Un jour, il arrive que toutes les pièces correspondent aux cases préétablies par la nature, le destin.

À défaut de recette, il y a des coïncidences. Les mères de *Man o' War*, *Phar Lap* et *Ribot* ont été mariées pour la vie à un seul étalon *(Mahubah* avec *Fair Play*, *Entreaty* avec *Night Raid et Romanella* avec *Tenerani)*. La fidélité à une souche maternelle a permis d'arriver à *Sea Bird* et à *Brigadier Gerard*. L'année précédant la naissance de leurs champions respectifs *(Man o' War* et *Sea Bird)*, *Mahubah* et *Sicalade* étaient restées vides.

Les courses et l'élevage ont suscité des intérêts si vastes qu'ils ont été emportés dans la sphère des enjeux nationaux. Entre les deux guerres mondiales, la France, l'Italie et l'Allemagne se jetèrent dans la bataille hippique pour contester la suprématie britannique. Le Grand Prix de Paris constituait le point d'orgue de ces joutes internationales.

Du sang anglais pouvait bien courir dans les veines de *Nearco* et de la pouliche *Nereide*, coursiers invaincus des années trente, ils n'en étaient pas moins les porte-drapeaux des élevages italien et allemand.

Comme celui d'élitisme, le mot sélection fait peur. Pourtant, la sélection concerne tous les êtres vivants et, pour rester dans le domaine des chevaux, les massifs et braves Ardennais y sont astreints autant que les pur-sang. C'est d'ailleurs la raison d'être des Haras nationaux.

Mais là n'est pas l'essentiel. Par sa nature, le pur-sang est l'équidé qui se rapproche le plus du cheval sauvage. Dominique Giniaux, docteur vétérinaire et ostéopathe, écrivait ainsi dans le quotidien *Paris-Turf*, en 1995 : « Le pur-sang est bien nommé puisqu'on le laisse pur, on a raison de le faire courir jeune puisque c'est le jeu auquel il s'adonne naturellement à cet âge. Il court parfois à deux ans, puis à trois et à quatre ans, parfois encore à cinq ans et rarement à six ans et plus. Les âmes sensibles remarqueront avec effroi que la carrière est donc finie avant que le jeune cheval soit adulte. C'est très bien ainsi, on ne peut pas faire autrement : en effet, en fin de quatre ans ou à cinq ans, il arrive un jour où il n'a plus envie d'être en tête ! Ce n'est pas parce qu'il est écœuré, c'est tout simplement parce qu'il n'est plus un gamin. On l'a laissé réellement pur, on ne lui a rien appris, on l'a laissé faire ce qu'instinctivement il aurait fait dans la nature... et l'instinct fait qu'un jour il pense à la reproduction [...]

Les courses classiques de plat permettent donc une sélection comparable à la sélection naturelle des chevaux sauvages. Ce ne sont pas les mêmes chevaux, mais les critères donnant accès à la reproduction sont bien les mêmes que ceux dans la nature. »

Et il concluait par ce cri d'alarme : « Si les courses de plat disparaissent, c'est l'humanité tout entière qui perdra cette partie du patrimoine qu'est le vrai cheval. Nous n'aurons plus que des chevaux faits pour l'homme et pour son plaisir, des races de chevaux que la nature n'aurait jamais sélectionnées. »

Louons les pur-sang extraordinaires, dont le dernier s'appelle *Smarty Jones.* Alezan à moitié borgne, il n'a pas échappé en 2004 à la malédiction qui a déjà frappé dix-sept champions américains avant lui, tous parés des deux premiers joyaux de la Triple Couronne (Kentucky Derby et Preakness Stakes) mais recalés dans les Belmont Stakes. Il a manqué une longueur à *Smarty Jones*, cheval né dans un élevage de deuxième série, pour devenir le douzième lauréat de la Triple Crown et entrer dans la légende.

Il y aura toujours un *Smarty Jones* pour que le merveilleux hippique n'ait jamais de fin. Même si l'investissement massif des princes du Golfe a encore réduit la glorieuse incertitude du turf. D'ailleurs, pour ces milliardaires en pétrodollars, ce n'est qu'un juste retour aux origines.

*Man o' War*, *Phar Lap*, *Ribot*, *Sea Bird*, *Brigadier Gerard et Secretariat* nous ont quittés. Pourtant… Dans une interview au *Daily Racing Form*, en 1940, Riddle, le propriétaire de *Man o' War*, avait évoqué la mort : « Vous savez, quand je partirai dans l'au-delà, j'espère qu'il existe un endroit où les chevaux peuvent courir encore. »

# ANNEXES

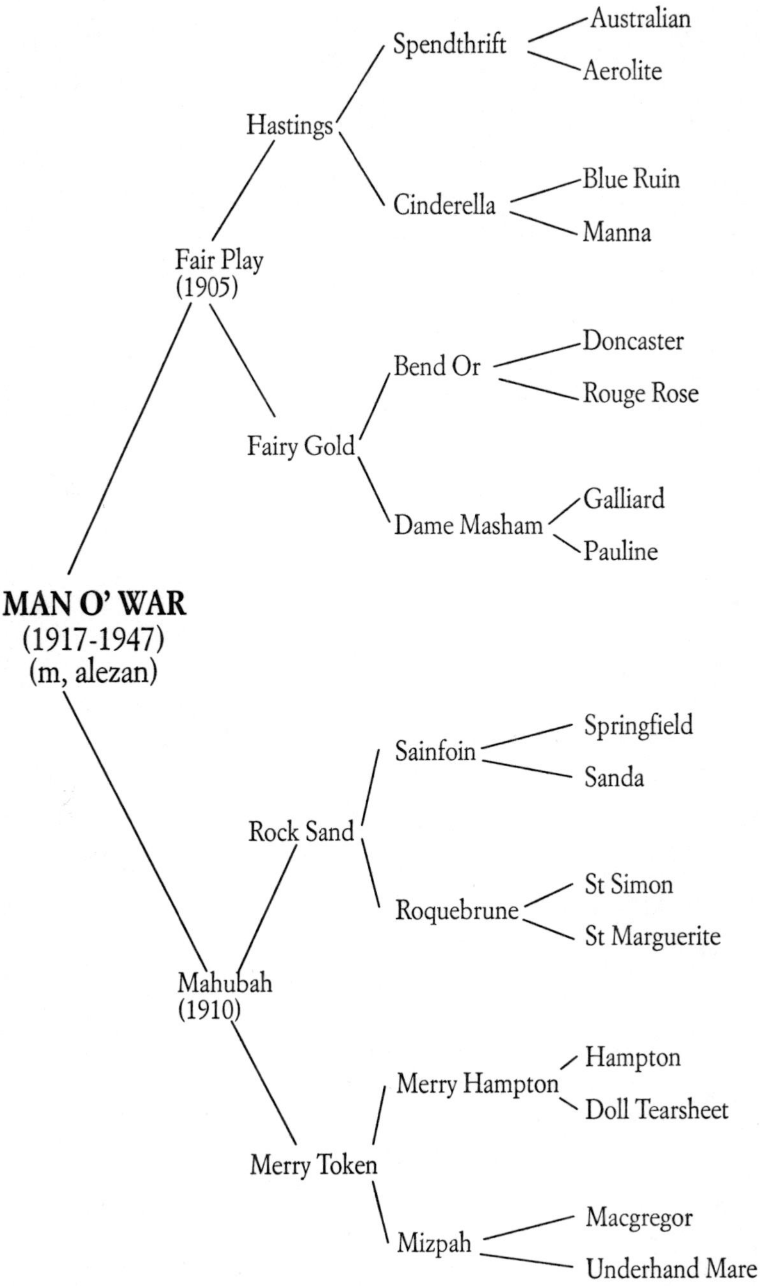
MAN O' WAR
(1917-1947)
(m, alezan)
Fair Play
(1905)
Hastings
Spendthrift
Australian
Aerolite
Cinderella
Blue Ruin
Manna
Fairy Gold
Bend Or
Doncaster
Rouge Rose
Dame Masham
Galliard
Pauline
Mahubah
(1910)
Rock Sand
Sainfoin
Springfield
Sanda
Roquebrune
St Simon
St Marguerite
Merry Token
Merry Hampton
Hampton
Doll Tearsheet
Mizpah
Macgregor
Underhand Mare

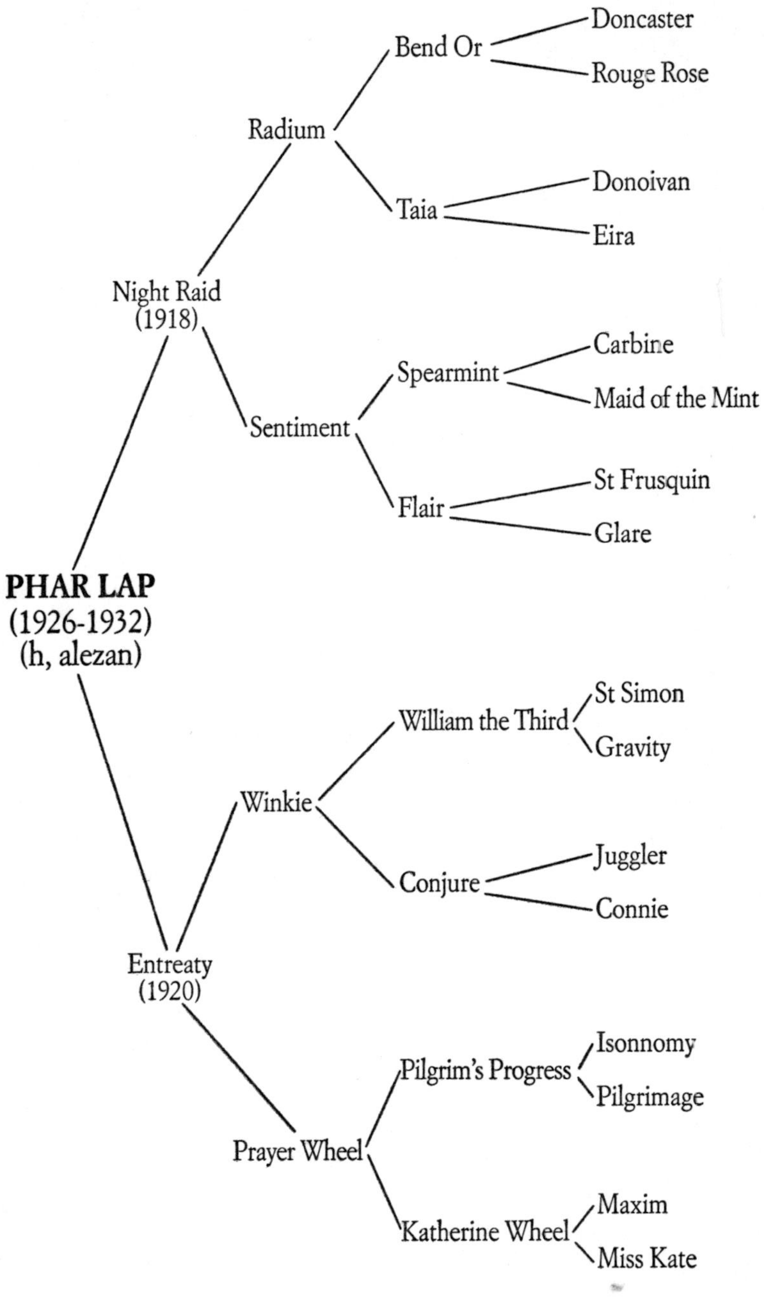
Doncaster
Bend Or
Rouge Rose
Radium
Donoivan
Taia
Eira
Night Raid
(1918)
Carbine
Spearmint
Maid of the Mint
Sentiment
St Frusquin
Flair
Glare
PHAR LAP
(1926-1932)
(h, alezan)
St Simon
William the Third
Gravity
Winkie
Juggler
Conjure
Connie
Entreaty
(1920)
Isonnomy
Pilgrim's Progress
Pilgrimage
Prayer Wheel
Maxim
Katherine Wheel
Miss Kate

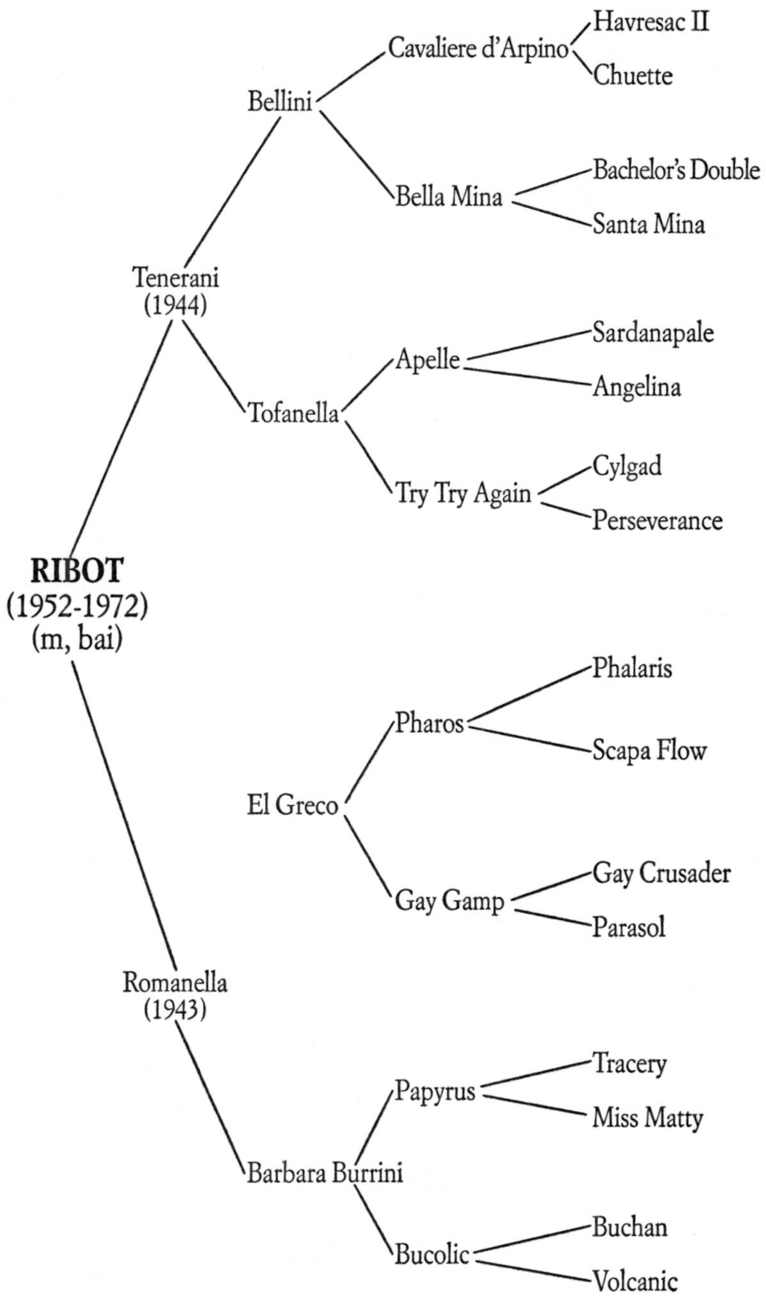
RIBOT
(1952-1972)
(m, bai)
Tenerani
(1944)
Bellini
Cavaliere d'Arpino
Havresac II
Chuette
Bella Mina
Bachelor's Double
Santa Mina
Tofanella
Apelle
Sardanapale
Angelina
Try Try Again
Cylgad
Perseverance
Romanella
(1943)
El Greco
Pharos
Phalaris
Scapa Flow
Gay Gamp
Gay Crusader
Parasol
Barbara Burrini
Papyrus
Tracery
Miss Matty
Bucolic
Buchan
Volcanic

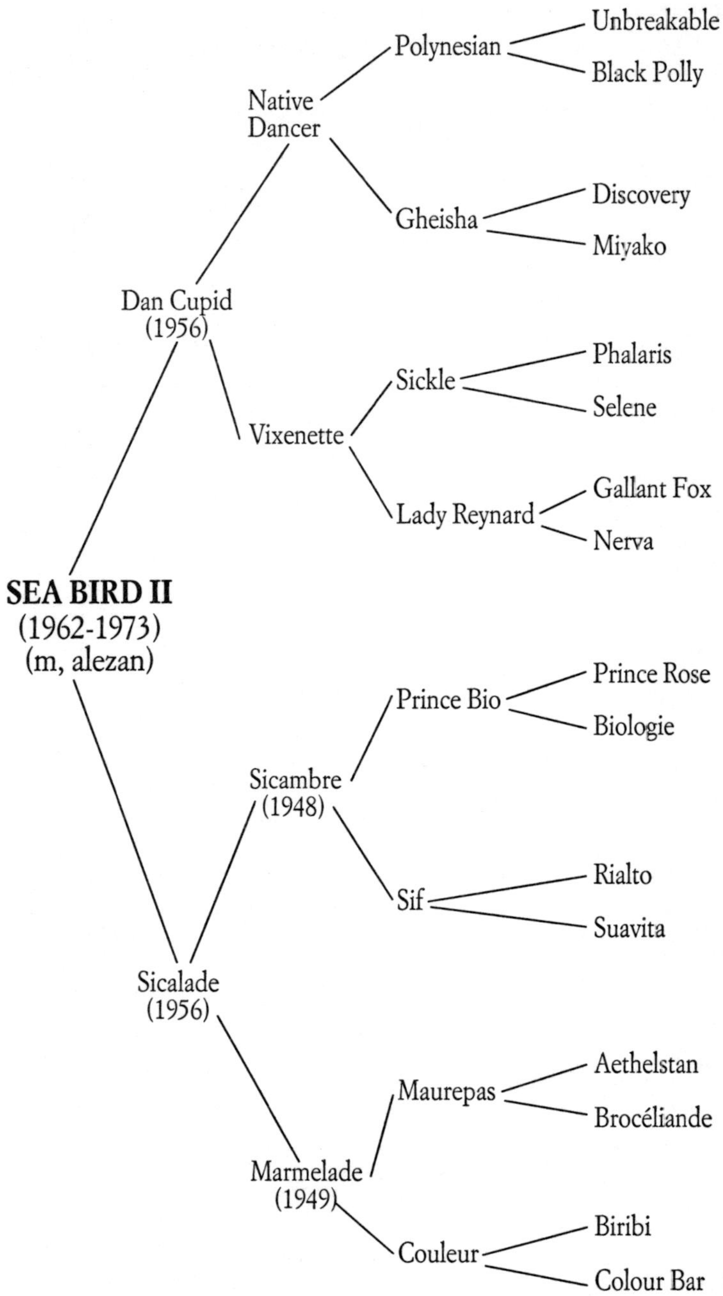
SEA BIRD II
(1962-1973)
(m, alezan)
Dan Cupid
(1956)
Native
Dancer
Polynesian
Unbreakable
Black Polly
Gheisha
Discovery
Miyako
Vixenette
Sickle
Phalaris
Selene
Lady Reynard
Gallant Fox
Nerva
Sicalade
(1956)
Sicambre
(1948)
Prince Bio
Prince Rose
Biologie
Sif
Rialto
Suavita
Marmelade
(1949)
Maurepas
Aethelstan
Brocéliande
Couleur
Biribi
Colour Bar

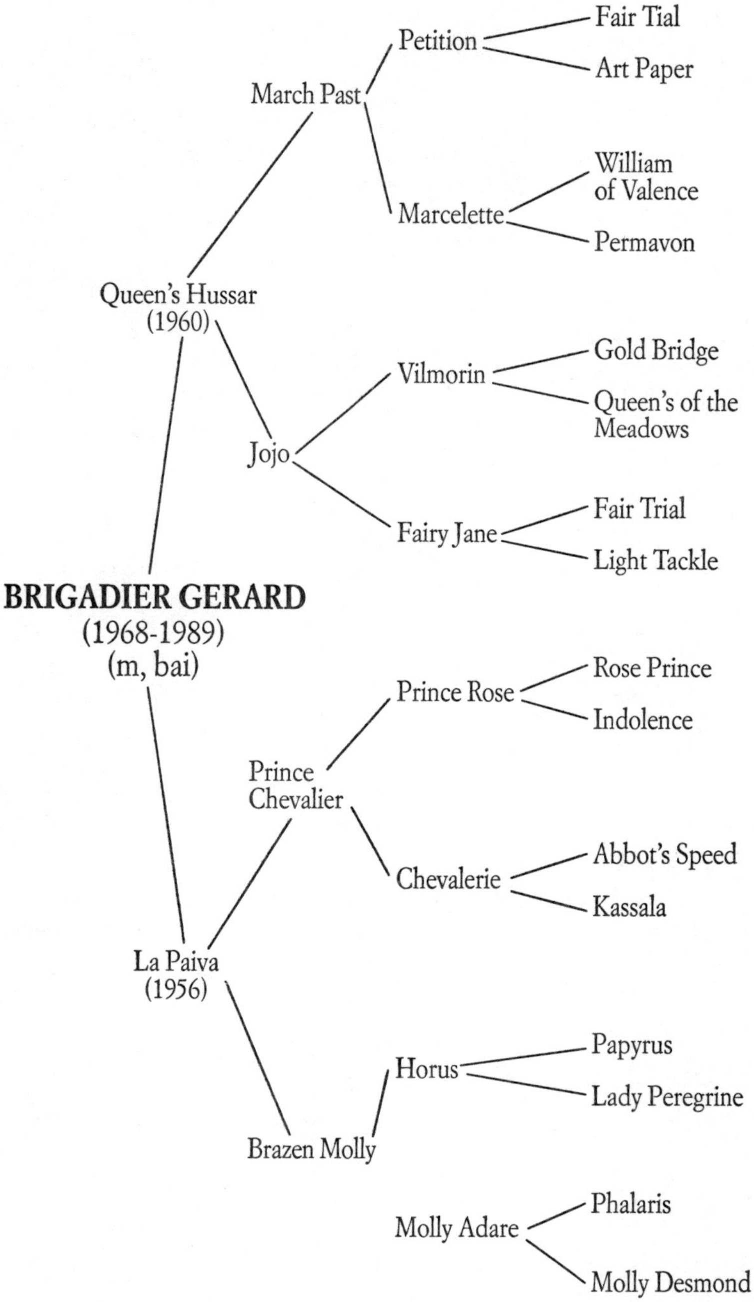

BRIGADIER GERARD
(1968-1989)
(m, bai)
Queen's Hussar
(1960)
March Past
Petition
Fair Tial
Art Paper
Marcelette
William
of Valence
Permavon
Jojo
Vilmorin
Gold Bridge
Queen's of the
Meadows
Fairy Jane
Fair Trial
Light Tackle
La Paiva
(1956)
Prince
Chevalier
Prince Rose
Rose Prince
Indolence
Chevalerie
Abbot's Speed
Kassala
Brazen Molly
Horus
Papyrus
Lady Peregrine
Molly Adare
Phalaris
Molly Desmond

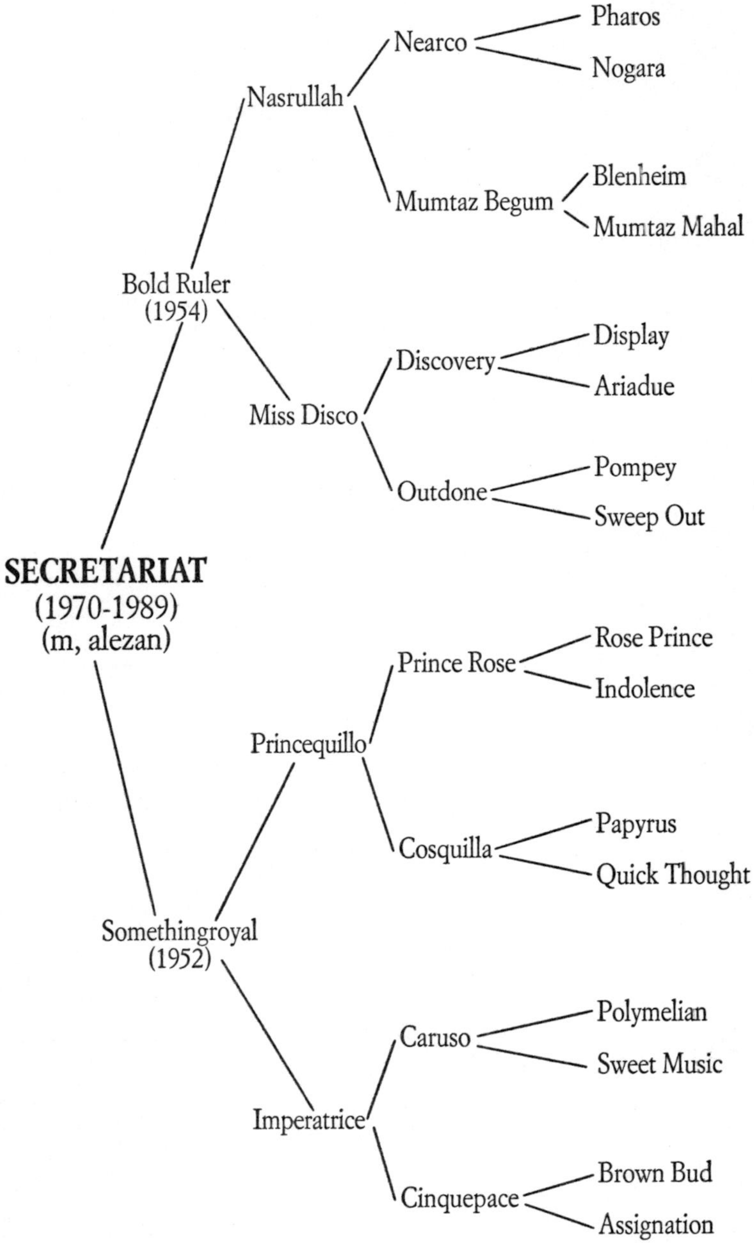
SECRETARIAT
(1970-1989)
(m, alezan)
Bold Ruler
(1954)
Nasrullah
Nearco
Pharos
Nogara
Mumtaz Begum
Blenheim
Mumtaz Mahal
Miss Disco
Discovery
Display
Ariadue
Outdone
Pompey
Sweep Out
Somethingroyal
(1952)
Princequillo
Prince Rose
Rose Prince
Indolence
Cosquilla
Papyrus
Quick Thought
Imperatrice
Caruso
Polymelian
Sweet Music
Cinquepace
Brown Bud
Assignation

## MAN O' WAR

21 courses, 20 victoires, 1 deuxième place

*À deux ans*

Belmont Park (New York), 6 juin 1919, 1 006 m ligne droite, 7 partants
1. Man o' War (John Loftus, 115 livres) 2. Retrieve (112), à 6 longueurs
Temps : 0 :59.

Belmont Park, 9 juin 1919, Keene Memorial, 1 106 m ligne droite, 6 partants
1. Man o' War (Loftus, 115) 2. On Watch (115), à 3 longueurs
1 :05.

Jamaica (New York), 21 juin 1919, Youthful Stakes, 1 106 m, 4 partants
1. Man o' War (Loftus, 120) 2. On Watch (108), à 2 longueurs et demie
1 :06.

Aqueduct (New York), 23 juin 1919, Hudson Stakes, 1 006 m, 5 partants
1. Man o' War (Loftus, 130) 2. Violet Tip (109), à 1 longueur et demie
1 :01.

Aqueduct, 5 juillet 1919, Tremont Stakes, 1 207 m, 3 partants
1. Man o' War (Loftus, 130) 2. Ralco (115), à 1 longueur
1 :13.

Saratoga, 2 août 1919, US Hotel Stakes, 1 207 m, 10 partants
1. Man o' War (Loftus, 130) 2. Upset (115), à 2 longueurs
1 :12.

Saratoga, 13 août 1919, Sanford Memorial, 1 207 m, 7 partants
1. Upset (Willie Knapp, 115) 2. Man o' War (Loftus, 130), à une demi-longueur
1 :11.

Saratoga, 23 août 1919, 1 207 m, Grand Union Hotel, 10 partants
1. Man o' War (Loftus, 130) 2. Upset (125), à 1 longueur
1 :12.

Saratoga, 30 août 1919, 1 207 m, Hopeful Stakes, 8 partants
1. Man o' War (Loftus, 130) 2. Cleopatra (112), à 4 longueurs
1 :13.

Belmont Park, 13 septembre 1919, Futurity Stakes, 1 207 m, 10 partants
1. Man o' War (Loftus, 127) 2. John P. Grier (117), à 2 longueurs et demie
1 :11.

*À trois ans*

Pimlico (Baltimore), 18 mai 1920, Preakness Stakes 1 811 m, 9 partants
1. Man o' War (Clarence Kummer, 126) 2. Upset (122), à 1 longueur et demie
1 :51.

Belmont Park, 29 mai 1920, Withers, 1 609 m, 3 partants
1. Man o' War (Kummer, 118) 2. Wildair (118), à 2 longueurs
1 :35.

Belmont Park, 12 juin 1920, Belmont Stakes, 2 213 m, 2 partants
1. Man o' War (Kummer, 126) 2. Donnacona, à 20 longueurs
2 :14.

Jamaica, 22 juin 1919, Stuyvesant Handicap, 1 609 m, 2 partants
1. Man o' War (Kummer, 135) 2. Yellow Hand (103), à 8 longueurs
1 :41.

Aqueduct, 10 juillet 1920, Dwyer, 1 811 m, 2 partants
1. Man o' War (Kummer, 126) 2. John P. Grier (108), à 1 longueur et demie
1 :49.

Saratoga, 7 août 1920, Miller Stakes, 1 911 m, 3 partants
1. Man o' War (Kummer, 131) 2. Donnacona (119), à 6 longueurs
1 :56.

Saratoga, 21 août 1920, Travers Stakes, 2 012 m, 3 partants
1. Man o' War (Kummer, 129) 2. Upset (123), à 2 longueurs et demie
2 :01.

Belmont Park, 4 septembre, Lawrence Realization, 2 615 m, 2 partants
1. Man o' War (Kummer, 126) 2. Hoodwink (116), à 10 longueurs
2 :40.

Belmont Park, 11 septembre 1920, Jockey Club 2 414 m, 2 partants
1. Man o' War (Kummer, 118) 2. Damask (118), à 15 longueurs
2 :28.

Havre de Grace (Maryland), 18 septembre 1920, Potomac Handicap, 1 710 m, 4 partants

1. Man o' War (Kummer, 138) 2. Wildair (108), à 1 longueur et demie

1 :44.

Keniworth Park Windsor (Ontario, Canada), 12 octobre 1920, Keniworth Park Gold Cup, 2 012 m, 2 partants

1. Man o' War (Kummer, 120) 2. Sir Barton (126), à 7 longueurs

2 :03

## Phar Lap

51 courses disputées, 37 victoires, 3 fois deuxième, 2 fois troisième, 9 fois non placé

### *À deux ans*

Rosehill (Sydney), 23 février 1929, Nursery Handicap 1 106 m, 13 partants
Phar Lap (Cash Martin) non placé
Temps : 1 :07.75

Hawkesbury, 2 mars 1929, Handicap des deux ans, 1 006 m, 16 partants
Phar Lap (F. Douglas), septième
1 :04.

Rosehill, 16 mars 1929, Nursery Handicap, 1 207 m, 16 partants
Phar Lap (C. Martin), non placé
1 :15.25

Randwick, 1er avril 1929, Easter Stakes, 1 408 m, 11 partants
Phar Lap (J. Becker), huitième
1 :26.5

Rosehill, 27 avril 1929, Juvenile Handicap, 1 206 m, 21 partants
1. Phar Lap (J. Baker, 108 livres) 2. Voleuse (105), à une demi-longueur
1 :15.5

*À trois ans*

Warwick Farm, 3 août 1929, Denham Court Handicap, 1 206 m, 21 partants
Phar Lap (J. Simpson), non placé
1 :13

Rosehill, 17 août 1929, Handicap des trois ans, 1 408 m, 17 partants
Phar Lap (J. Simpson), quatrième
1 :27.75

Rosehill, 24 août 1929, Handicap des trois et quatre ans, 1 408 m, 25 partants
Phar Lap (J. Brown), huitième
1 :27.

Warwick Farm, 31 août 1929, Warwick Stakes, 1 609 m, 10 partants
Phar Lap (J. Brown), quatrième
1 :38.75

Randwick, 14 septembre 1929, Tattersall's Chelmsford Stakes, 1 811 m, 10 partants
1. Mollison (J. Munro, 130) 2. Phar Lap (J. Brown, 104), à une demi-longueur
1 :52

Rosehill, 21 septembre 1929, Rosehill Guinées, 1 811 m, 12 partants
1. Phar Lap (J. Munro, 117) 2. Lorason (117), à 3 longueurs
1 :52 (record course égalé)

Randwick, 5 octobre 1929, AJC Derby, 2 414 m, 11 partants
1. Phar Lap (J. Pike, 122) 2. Carradale (122), à 3 longueurs et demie
2 :31.25 (record course)

Randwick, 9 octobre 1929, Craven Plate, 2 012 m, 4 partants
1. Phar Lap (J. Pike, 106) 2. Mollison (123), à 4 longueurs
2 :11.25

Flemington (Melbourne), 2 novembre 1929, Victoria Derby, 2 414 m, 7 partants
1. Phar Lap (J. Pike, 122) 2. Carradale (122), à 2 longueurs
2 :31.25 (record course)

Flemington, 5 octobre 1929, Melbourne's Cup, 3 218 m, 14 partants
1. Nightmarch (128) 2. Paquito (117) à 3 longueurs 3. Phar Lap (R. Lewis, 104) à 1 longueur
3 :26.5

Caulfield (Melbourne), 15 février 1930, St George Stakes, 1 811 m, 6 partants
1. Amounis (134) 2. Parsee (128), à une demi-longueur 3. Phar Lap (R. Lewis, 122) à une encolure
1 :53.75

Flemington, 1er mars 1930, St Leger Stakes, 2 816 m, 5 partants
1. Phar Lap (J. Pike, 122) 2. Sir Ribble (122), à 5 longueurs
3 :01.25 (record)

Flemington, 6 mars 1930, Governor's Plate, 2 414 m, 4 partants
1. Phar lap (W. Elliott, 111) 2. Lineage (113), à 4 longueurs
2 :30.25 (record)

Flemington, 8 mars 1930, King's Plate, 3 218 m, 5 partants
1. Phar Lap (W. Elliot, 109) 2. Second Wind (123), à 20 longueurs
3 :25. (record)

Warwick Farm, 12 avril 1930, Chipping Norton Stakes, 2 012 m, 5 partants
1. Phar Lap (J. Pike, 122) 2. Amounis (132)
2:06.

Randwick, 19 avril 1930, AJC St Leger, 2 816 m, 3 partants
1. Phar Lap (J. Pike, 122) 2. Sir Ribble (122), à 3 longueurs et demie
3 :07.

Randwick, 23 avril 1930, Cumberland Stakes, 2 816 m, 3 partants
1. Phar Lap (W. Elliot, 113) 2. Donald (126), à 10 longueurs
2 :58.75 (record)

Randwick, 26 avril 1930, AJC Plate, 3 619 m, 3 partants
1. Phar Lap (W. Elliott, 111) 2. Nightmarch (130), à 10 longueurs
3 :49.5 (record)

Morphettville (Adelaïde), 10 mai 1930, Elder Stakes, 1 811 m, 2 partants
1. Phar Lap (W. Elliott, 116) 2. Fruition (125), à 5 longueurs
1 :52.

Morphettville, 17 mai 1930, SAJC King's Cup, 2 414 m, 6 partants
1. Phar Lap (J. Pike, 131) 2. Kirkkie (108) et Nadean (114), à 3 longueurs et demie
2 :34.

## *À quatre ans*

Warwick Farm, 30 août 1930, Warwick Stakes, 1 609 m, 10 partants
1. Amounis (126) 2. Phar Lap (J. Pike, 123), à une courte tête
1 :38 (record égalé)

Randwick, 13 septembre 1930, Tattersall's Chelmsford Stakes, 1 811 m, 7 partants
1. Phar Lap (J. Pike, 130) 2. Nightmarch (137), à 2 longueurs et demie
1 :51.5

Rosehill, 20 septembre 1930, RRC Hill Stakes, 1 609 m, 7 partants

1. Phar Lap (J. Pike, 130) 2. Nightmarch (129), à 1 longueur
1 :40.

Randwick, 4 octobre 1930, AJC Spring Stakes, 2 414 m, 5 partants

1. Phar Lap (J. Pike, 123) 2. Nightmarch (131), à une demi-longueur
2 :33.25

Randwick, 8 octobre 1930, AJC Craven Plate, 2 012 m, 4 partants

1. Phar Lap (J. Pike, 123) 2. Nightmarch (130), à 6 longueurs
2 :03. (record)

Randwick, 11 octobre 1930, Randwick Stakes, 3 219 m, 3 partants

1. Phar Lap (J. Pike, 123) 2. Donald (128), à 2 longueurs
3 :36.25

Moonee Valley, 25 octobre, Cox Plate, 1 911 m, 6 partants

1. Phar Lap (J. Pike, 123) 2. Tregilla (109), à 4 longueurs
1 :59.25

Flemington, 1er novembre 1930, Melbourne Stakes, 2 012 m, 5 partants

1. Phar Lap (J. Pike, 123) 2. Tregilla (108), à 3 longueurs
2 :04.5

Flemington, 4 novembre 1930, Melbourne Cup, 3 219 m, 15 partants

1. Phar Lap (J. Pike, 138) 2. Second Wind (124), à 3 longueurs
3 :27.75

Flemington, 6 novembre 1930, Linlithgow Stakes, 1 609 m, 5 partants
1. Phar Lap (J. Pike, 123) 2. Molliuson (121), à 4 longueurs
1 :37.

Flemington, 8 novembre 1930, Fisher Plate, 2 414 m, 3 partants
1. Phar Lap (J. Pike, 123) 2. Second Wind (127), à 3 longueurs et demie
2 :48.25

Caulfield, 14 février 1931, St George Stakes, 1 809 m, 4 partants
1. Phar Lap (J. Pike, 130) 2. Induna (117), à 2 longueurs et demie
1 :54.75

Caulfield, 21 février 1931, Futurity Stakes, 1 408 m, 10 partants
1. Phar Lap (J. Pike, 143) 2. Mystic Peak (142), à 1 nez
1:27.25

Flemington, 28 février 1931, Essendon Stakes, 2 012 m, 4 partants
1. Phar Lap (J. Pike, 133) 2. Lambra (112), à 3 longueurs
2 :05.25

Flemington, 4 mars 1931, King's Plate, 2 414 m, 5 partants
1. Phar Lap (J. Pike, 133) 2. Glare (112), à 1 longueur et quart
2 :37.25

Flemington, 7 mars 1931, CM Lloyd Stakes, 1 609 m, 4 partants
1. Waterline (112) 2. Phar Lap (J. Pike, 133), à une encolure
1 :38.

*À cinq ans*

Williamstown (Melbourne), 25 août 1931, WRC Underwood Stakes, 1 609 m, 6 partants

1. Phar Lap (W. Elliott, 126) 2. Rondalina (104), à 1 longueur trois quarts
1 :42.5

Caulfield, 5 septembre 1931 ; Memsie Stakes, 1 811 m, 6 partants

1. Phar Lap (J. Pike, 134) 2. Rondalina (95), à 3 longueurs et demie
1 :52.75

Rosehill, 19 septembre 1931, Hill Stakes, 1 609 m, 4 partants

1. Phar Lap (J. Pike, 126) 2. Chide (126), à 1 longueur et demie
1 :39.5

Randwick, 3 octobre 1931, AJC Spring Stakes, 2 414 m, 7 partants

1. Phar Lap (J. Pike, 128) 2. Chide (129), à 1 longueur et quart
2 :33.75

Randwick, 7 octobre 1931, Craven Plate, 2 012 m, 4 partants

1. Phar Lap (J. Pike, 127) 2. Pentheus (130), à 4 longueurs
2 :02.5 (record)

Randwick, 10 octobre 1931, AJC Randwick Plate, 3 219 m, 2 partants

1. Phar Lap (J. Pike, 129) 2. Chide (130), à 4 longueurs
3 :31.

Moonee Valley, 24 octobre 1931, Cox Plate, 1 911 m, 7 partants

1. Phar Lap (J. Pike, 130) 2. Chatham (109), à 2 longueurs et demie
2 :01.5

Flemington, 31 octobre 1931, Melbourne Stakes, 2 012 m, 4 partants

1. Phar Lap (J. Pike, 127) 2. Concentrate (127), à une demi-longueur
2 :06.5

Flemington, 3 novembre 1931, Melbourne Cup, 3 219 m, 14 partants

1. Phar Lap (J. Pike, 150), huitième

Agua Caliente (Tijuana, Mexique), 20 mars 1932, Agua Caliente handicap, 2 012 m, 11 partants

1. Phar Lap (W. Elliott, 129) 2. Reveille Boy (118), à 2 longueurs
2 :02.8

## Ribot

16 courses, 16 victoires

*À deux ans*

Milan (San Siro), 4 juillet 1954, Prix Tramuschio, 1 000 m
1. Ribot (Enrico Camici) 2. Donata Veneziana, à 1 longueur
1 :02.

San Siro, 26 septembre 1954, Criterium nazionale, 1 200 m
1. Ribot (Camici) 2. Zenodoto, à 2 longueurs
1 :13.8

San Siro, 24 octobre 1954, Gran Criterium, 1 500 m
1. Ribot (Camici) 2. Gail, à une tête
1 :37.6

*À trois ans*

Pise (Prato degli Escoli), 6 mars 1955, Prix Pisa, 1 500 m
1. Ribot (Camici) 2. Donata Veneziana, à 6 longueurs
1 :32.

San Siro, 17 avril 1955, Prix Emanuele Filiberto, 2 000 m
1. Ribot (Camici) 2. Gail, à 10 longueurs
2 :03.4

San Siro, 16 juillet 1955, Prix Brembo, 2 200 m
1. Ribot (Camici) 2. Derain, à 1 longueur
2 :21.4

San Siro, 7 septembre 1955, Prix Besana, 2 400 m
1. Ribot (Camici) 2. Derain, à 10 longueurs
2 :38.4

Paris (Longchamp), 9 octobre 1955, Prix de l'Arc de Triomphe, 2 400 m
1. Ribot (Camici) 2. Beau Prince II, à 3 longueurs
2 :35.68

San Siro, 23 octobre 1955, Prix du Jockey Club, 2 400 m
1. Ribot (Camici) 2. Norman, à 15 longueurs
2 :34.4

*À quatre ans*

San Siro, 12 mai 1956, Prix Venino, 2 000 m
1. Ribot (Camici) 2. Fuscaldo, à 4 longueurs
2 :05.06

San Siro, 16 mai 1956, Prix Vittuone, 2 400 m
1. Ribot (Camici) 2. Fuscaldo, à 12 longueurs
2 :29.2

San Siro, 10 juin 1956, 2 000 m
1. Ribot (Camici) 2. Grand Rapids, à 8 longueurs
2 :09.6

San Siro, 17 juin 1956, Grand Prix de Milan, 3 000 m
1. Ribot (Camici) 2. Tissot, à 8 longueurs
3 :16.6

Ascot (Angleterre), 21 juillet 1956, King George VI and Queen Elizabeth Stakes, 2 400 m
1. Ribot (Camici) 2. High Veldt, à 5 longueurs
2 :40.24

San Siro, 9 septembre 1956, Prix du Piazzale, 1 800 m
1. Ribot (Camici) 2. Magabit, à 8 longueurs
1 :51.6

Longchamp, 7 octobre 1956, Prix de l'Arc de Triomphe, 2 400 m
1. Ribot (Camici) 2. Talgo, à 6 longueurs (officiel). En réalité, au moins 8 longueurs
2 :34.76

## SEA BIRD

8 courses, 7 victoires, 1 fois deuxième

*À deux ans*

Chantilly, 2 septembre 1964, prix de Blaison, 1 400 m
1. Sea Bird (Pat Glennon) 2. *Ex æquo* Stefano et Our valentine, à 1 encolure

Maisons-Laffitte, 18 septembre 1964, Critérium de Maisons-Laffitte, 1 400 m
1. Sea Bird (P. Glennon) 2. Blabla, à 1 encolure

Longchamp, 10 octobre 1964, Grand Critérium, 1 600 m
1. Grey Dawn (P. Glennon) 2. Sea Bird (M. Larraun), à 2 longueurs

*À trois ans*

Longchamp, 4 avril 1965, Prix Greffulhe, 2 100 m
1. Sea Bird (P. Glennon) 2. Corduroy, à 3 longueurs

Longchamp, 16 mai 1965, Prix Lupin, 2 100 m
1. Sea Bird (P. Glennon) 2. Diatome, à 6 longueurs

Epsom, 2 juin 1965, Derby, 2 400 m
1. Sea Bird (P. Glennon) 2. Meadow Court, à 2 longueurs

Saint-Cloud, 4 juillet 1965, Grand Prix de Saint-Cloud, 2 500 m
1. Sea Bird (P. Glennon) 2. Couroucou, à 2 longueurs et demie

Longchamp, 3 octobre 1965, Prix de l'Arc de Triomphe, 2 400 m
1. Sea Bird (P. Gennon) 2. Reliance, à 6 longueurs

## Brigadier Gerard

18 courses, 17 victoires, 1 fois deuxième

*À deux ans*

Newbury, 24 juin 1970, Berkshire Stakes, 1 000 m ligne droite, 5 partants
1. Brigadier Gerard (Joe Mercer, 117 livres) 2. Mais'y Dotes (119), à 5 longueurs
1 :06.

Salisbury, 6 juillet 1970, Champagne Stakes, 1 200 m ligne droite, 10 partants
1. Brigadier Gerard (J. Mercer, 133) 2. Gaston Again (136), à 4 longueurs

Newbury, 15 août 1970, Washington Singer Stakes, 1 200 m ligne droite, 5 partants
1. Brigadier Gerard (J. Mercer, 128) 2. Comedy Star (122), à 2 longueurs
1 :15.32

Newmarket, 1er octobre 1970, Middle Park Stakes, 1 200 m ligne droite, 5 partants
1. Brigadier Gerard (J. Mercer, 126) 2. Mummy's Pet (126), à 3 longueurs
1 :15.11

*À trois ans*

Newmarket, 1er mai 1971, Deux Mille Guinées, 1 600 m, 6 partants
1. Brigadier Gerard (J. Mercer, 126) 2. Mill Reef (126), à 3 longueurs
1 :39.20

Ascot, 15 juin 1970, St James's Palace Stakes, 1 600 m, 4 partants
1. Brigadier Gerard (J. Mercer, 126) 2. Sparkler (126), à une tête
1 :46.94

Goodwood, 28 juillet 1971, Sussex Stakes, 1 600 m, 5 partants
1. Brigadier Gerard (J. Mercer, 119) 2. Faraway Son (130), à 5 longueurs
1 :41.11

Goodwood, 28 août 1971, Goodwood mile, 1 609 m, 3 partants
1. Brigadier Gerard (J. Mercer, 118) 2. Gold Rod (126), à 10 longueurs
1 :42.07

Ascot, 25 septembre 1971, Queen Elizabeth II Stakes, Old Mile, 1 609 m, 3 partants
1. Brigadier Gerard (J. Mercer, 120) 2. Dictus (127), à 8 longueurs
1:41.39

Newmarket, 16 octobre 1971, Champion Stakes, 2 000 m ligne droite, 10 partants
1. Brigadier Gerard (J. Mercer, 119) 2. Rarity (126), à une courte tête
2 :17.09

*A quatre ans*

Newbury, 20 mai 1972, Locking Stakes, 1 609 m ligne droite, 5 partants

1. Brigadier Gerard (J. Mercer, 131) 2. Grey Mirage (109), à 2 longueurs et demie

1 :41.44

Sandown, 29 mai 1972, Wrestbury Stakes, 2 000 m, 5 partants

1. Brigadier Gerard (J. Mercer, 136) 2. Ballyot (122), à une demi-longueur

2 :08.60

Ascot, 20 juin 1972, Prince of Wales Stakes, 2 000 m, 7 partants

1. Brigadier Gerard (J. Mercer, 134) 2. Steel Pulse (115), à 5 longueurs

2 :06.32

Sandown, 8 juillet 1972, Eclipse Stakes, 2 000 m, 6 partants

1. Brigadier Gerard (J. Mercer, 131) 2. Gold Rod (131), à 1 longueur

2:20.20

Ascot, 21 juillet 1972, King George and the Queen Elizabeth Stakes, 2 400 m, 9 partants

1. Brigadier Gerard (J. Mercer, 133) 2. Parnell (133) à 1 longueur et demie

2 :32.91

York, 15 août 1972, Benson and Hegdes Gold Cup, 2 100 m, 5 partants

1. Roberto (Braulio Baeza, 122) 2. Brigadier Gerard (J. Mercer, 133), à 3 longueurs

2 :07.10 (record)

Ascot, 23 septembre 1972, Queen Elizabeth II Stakes, 1 609 m, 4 partants

1. Brigadier Gerard (J. Mercer, 133) 2. Sparkler (126), à 6 longueurs

1 :39.96

Newmarket, 14 octobre 1972, Champion Stakes, 2 000 m, 9 partants

1. Brigadier Gerard (J Mercer, 129) 2. Riverman (122), à 1 longueur et demie

2 :07.41

# Secretariat

21 courses, 16 victoires

*À deux ans*

Aqueduct, 4 juillet 1972, Maiden, 1 106 m
Secretariat (113, P. Feliciano), quatrième, à 1 longueur et demie du vainqueur
1 :05.

Aqueduct, 15 juillet 1972, Maiden, 1 207 m
1. Secretariat (113, P. Feliciano) 2. Master Achiever (118), à 6 longueurs
1 :10.6

Saratoga, 31 juillet 1972, 1 207 m
1. Secretariat (Ron Turcotte, 118) 2. Russ Miron (118), à 1 longueur et demie
1 :10.8

Saratoga, 16 août 1972, Sanford Memorial, 1 207 m
1. Secretariat (R. Turcotte, 121) 2. Linda's Chief (121), à 3 longueurs
1 :10.

Saratoga, 26 août 1972, Hopeful Stakes, 1 308 m
1. Secretariat (R. Turcotte, 121) 2. Flight to Glory (121), à 5 longueurs
1 :16.2

Belmont Park, 16 septembre 1972, Futurity Stakes, 1 308 m
1. Secretariat (R. Turcotte, 122) 2. Stop The Music (122), à 1 longueur trois quarts
1 :16.4

Belmont Park, 14 octobre 1972, Champagne Stakes, 1 609 m
1. Stop The Music (122) 2. Secretariat (1er rétrogradé, 122)
1 :35.

Washington (Laurel Park), 28 octobre 1972, Laurel Futurity, 1 810 m
1. Secretariat (R. Turcotte, 122) 2. Stop The Music (122), à 8 longueurs
1 :42.8

Garden State Park, 18 novembre 1972, Garden State Futurity, 1 810 m
1. Secretariat (R. Turcotte, 122) 2. Angle Light (122), à 3 longueurs et demie
1 :44.2

## *À trois ans*

Aqueduct, 17 mars 1973, Bay Shore, 1 408 m
1. Secretariat (R. Turcotte, 126) 2. Champagne Char (118), à 4 longueurs et demie
1 :23.2

Aqueduct, 7 avril 1973, Gotham, 1 609 m
1. Secretariat (R. Turcotte, 126) 2. Champagne Char (117), à 3 longueurs
1:33.4

Aqueduct, 21 avril 1973, Wood Memorial, 1 810 m
1. Angle Light (126) 3. Secretariat (R. Turcotte, 126), à 4 longueurs
1 :49.8

Churchill Downs (Louisville), 5 mai 1973, Kentucky Derby, 2 012 m
1. Secretariat (R. Turcotte, 126) 2. Sham (126), à 2 longueurs et demie
1 :59.4

Pimlico, 19 mai 1973, Preakness Stakes, 1 911 m
1. Secretariat (R. Turcotte, 126) 2. Sham (126), à 2 longueurs et demie
1 :54.4 (selon le chronométrage officiel défaillant, 1 :53.4 selon le chronométrage manuel).

Belmont Park, 9 juin 1973, Belmont Stakes, 2 414 m
1. Secretariat (R. Turcotte, 126) 2. Twice a Prince, à 31 longueurs
2 :24.

Arlington Park 30 juin 1973, Invitational, 1 810 m
1. Secretariat (R. Turcotte, 126) 2. My Gallant (120), à 9 longueurs
1 :47.

Saratoga, 4 août 1973, Whitney handicap, 1 810 m
1. Onion (119) 2. Secretariat (R. Turcotte, 119), à 1 longueur
1 :49.2

Belmont Park, 15 septembre 1973, Marlboro Cup, 1 810 m
1. Secretariat (R. Turcotte, 124) 2. Riva Ridge (127), à 3 longueurs et demie
1 :45.4

Belmont Park, 29 septembre 1973, Woodward, 2 414 m
1. Prove Out (126) 2. Secretariat (R. Turcotte, 119), à 4 longueurs et demie
2.25.8

Belmont Park, 8 octobre 1973, Man o' War Stakes, 2 414 m
1. Secretariat (R. Turcotte, 121) 2. Tentam (126), à 5 longueurs
2 :24.8

Woodbine (Toronto), 28 octobre 1973, Canadian International, 2 615 m
1. Secretariat (R. Turcotte, 117) 2. Big Spruce (126), à 6 longueurs et demie

# TABLE

*Cet ouvrage a été imprimé par la*
*SOCIÉTÉ NOUVELLE FIRMIN-DIDOT*
*Mesnil-sur-l'Estrée*
*pour le compte des Éditions du Rocher*
*en octobre 2005*

*Mis en pages par DV Arts Graphiques à Chartres.*

Éditions du Rocher
28, rue Comte-Félix-Gastaldi
Monaco

Dépôt légal : septembre 2005
CNE section commerce et industrie Monaco : 19023
N° d'impression : 76064

*Imprimé en France*